富士谷御杖の門人たち

管　宗次

臨川書店

序　渉猟と博覧に寄せる

西島孜哉

管宗次君にはすでに『群書一覧研究』という国学にかかわる著書が備わる。国学は日本文化の全てを対象とする。契沖、荷田春満、賀茂真淵らを経て、実証的な学問として成立したが、多くの書物の博捜を伴うところから、書物の学問と言い換えることも可能である。『群書一覧』の著者尾崎雅嘉は江戸後期の国学者である。雅嘉は博学で知られ、一七三〇篇の国書を三四門に分類してそれぞれに書誌を記している。おそらく雅嘉は書物への興味から学問に志したのであろう。雅嘉は書物をとおして多くの人と出会ったはずだ。江戸時代の閉塞的な社会において、多くの書物とその中に込められたさまざまな知見は尽きることのない興味をかきたてたに違いないのである。雅嘉は書物によって多くの著者に出会ったのだが、その書物の著者達が雅嘉を著名な学者へと育てたのである。管君の尾崎雅嘉への傾倒は書物への興味を媒介にするものであろう。管君も書物に魅せられた一人であると思う。『群書一覧』の研究は管君の書物への興味をかきたて、そこには多くのすぐれた先人との出会いがあったに違いない。管君は尾崎雅嘉の研究者ということではなく、尾崎雅嘉につながる現代の国学者なのである。

私が管君と最初に出会ったのはいつのことか定かな記憶はないが、おそらく何かの会合の席でのことであったと思う。その折の雑談、管君は初めから書物の虫であった。博覧強記は驚嘆すべきものであった。その後管君が江戸時代後期の国学については人後におちない若手の研究者であることを知った。その著書『京大坂の文人』(正・続)の二冊は、そんな管君の真骨頂である。幕末・明治の多くの文人を取り上げてその人々の具体的な文事を紹介し解説してくれている。管君の著書をとおして我々は多くの未知の人々に出会うことができた。

今度上梓される『富士谷御杖の門人たち』は、管君の一連の研究がさらに豊かに幅広いものとなっていることを示している。博捜はさらに緻密かつ広範囲にわたるようである。本居宣長の鈴屋門の流れや平田篤胤につながる人々については他にも取り上げるむきもあるが、鈴屋門や平田学派に加えて富士谷成章につながる北辺門の人々の文事も忘れられるべきではない。幕末・明治の日本の文化は多くの国学者達によって支えられていた。その文化の総体は北辺門の人々をも視野にいれなければ見えてこないのである。しかし北辺門の人々は忘れ去られた人々になってしまっていた。管君は書物をとおしてその人々に出会い、著書によってそれら人々をよみがえらせてくれた。我々はさらに多くのすぐれた先人に出会うことができたのである。

人が一生の間に出会う人間の数はいかほどだろうか。さまざまな出会いすべてをとおして三万人に出会うことができるというが定かではない。何のかかわりもなくただ通り過ぎていった人々は出会ったことにはならないだろう。因みに影響を与えられるのは多くて二十人だという。しかし書物をとおしてのその著者との出会いは、実際に出会うよりもさらに大きな影響があるものだ。現代の国学者管君は多くの書物を博捜し、そこから歴史に埋もれた多くの人々を生き生きとよみがえらせる。管君によって取り上げられたすぐれた先人、そんな多くの人々から多くのことを学ぶことができる。管君がこれからも我々に新しい出会いをもたらしてくれることを期待している。

平成十三年八月四日

目次

富士谷御杖の門人たち

はじめに

北辺門《きたのへもん》というのは、富士《ふじ》谷《たに》成章《なりあきら》を祖と仰ぐ近世和歌の学統の一派をいう。また、その名の由来は京都の富士谷家の住居地によるという。伊藤仁斎の学派を堀川学派と呼ぶに同じである。

北辺門の学祖の富士谷成章の大きな業績とされているのは国語学史上のもので、語の品詞分類法や助詞・助動詞の研究であるが、文法研究といえばわかりやすいであろう。特に成章の著書として代表的なものは『挿頭抄《かざししょう》』と『脚結抄《あゆいしょう》』で、そのなかで体系的で分析的な方法を確立した。日本語の品詞を分類するのに四つに分け、各々を人体の部分になぞらえ、体言にあたる部分を「名《な》」、動詞・形容詞にあたるものを「装《よそい》」、代名詞・副詞・感動詞・接続詞・接頭語にあたるものを「挿《かざし》」、助詞・助動詞・接尾語にあたるものを「脚結《あゆい》」と名付けた。そして古今集を中心とする平安期の勅撰和歌集からの引用出典に因ったことも幸いして研究成果は完成し、近世中期の学界に大きな影響を与えた。全て古典から豊富な例示を引き、帰納法によって抽象的結論を導き出すという方法は、国学者たちに少なからぬ驚きを与え、本居宣長もその著書『玉勝間』に富士谷成章を讃えている。

今日の我々からみるとむしろ奇異なことかもしれないが、五十音図のア行の「オ」とワ行の「ヲ」が、契沖法師も正すことができず、混乱のままであったのを訂したのも富士谷成章であったが、ほぼ同じ頃に本居宣長も訂しており、いずれが先かという論争もあるが、中世のような秘事口伝、古今伝授の世界の頃とはちがい、近世期の学問的業績が出版という方法によって学派や地域を越えて享受・反映・展開するという時代にあっては、ほぼ同じ頃に同じ結論を正しく導き出す者が複数にあるということにこそ当時の学界の充実期であったことが知られよう。

富士谷成章が文法研究に従事したのは、和歌を詠むためであり、古典作品の和歌を正しく理解するためであった。有栖川職仁に和歌を学んだため成章の学派は地下堂上派ということになるが、成章の子である富士谷御杖は父の遺した文法研究（四具という）をさらに発展させると共に、父の帰納的研究法とは逆に、演繹法によって独自の研究方法を確立させていった。

本書は、その富士谷成章の流れを汲む北辺門の人々の伝記と著述、和歌を中心に取りあげたものである。従来まったく取りあげられたことの無かった人々ばかりである。

では、なぜこれまで取りあげられたことがないのか、という点であるが、理由は幾つかあげられる。北辺門最後の学者といえるのは赤松祐以であるが、祐以を含め有力な北辺門の学者は、明治期の大学校などの新時代の教育機関の教員や研究職に就く者がなかった。この点、本居宣長の鈴屋門の流れや平田篤胤の門人の平田学派の人々が数多く近代的教育機関の教員として、教壇に立ち、多くの後進を育てたこととは対称的である。また、平田学派の人々は、幕末期に草莽の志士として倒幕運動に参加した者がやはり多かったので、明治新政府では一時期、官界や教育界に要職を得た者があった。

これに対して、北辺門の学問とは何であったかということを述べることともなるが、北辺門の和歌や文法を学んだ人々が、どんな人々で、どんな目的、思いを持って学んだかということをあげると、北辺門の京や大坂の門人たちは、北辺門の和歌や文法を芸道の一つとして学んでいたという一言に尽きる。湯茶や華道を学ぶに等しく、歌舞音曲を身につけるに同じく、北辺門の和歌や文法（四具）を学んだのである。よって、いかに上代の心にこがれ、万葉調の和歌を詠んだとしても、倒幕運動に走る者など皆無である。北辺門の学問は純粋な学問であり、品の良い芸道の一つであるからである。京らしい学芸の享受の仕方があった。今でも茶道や華道がそうであるが、祖父母、父母、息子娘と三代にもわたって、同じ流派に学び、父が大先生に学び、子は若先生に学び、師匠家と門人家が代々のつきあいを保ち、学芸は教養修得であり、身構え、心構えとしてのたしなみであった。

北辺門の歌学は、難解とされているが、さほど難解なものではない。富士谷御杖は『歌道非唯抄』や『歌道解醒』、『五級三差弁』のなかで独自な用語で述べているが、そのなかの用語を使いつつ要約すると、御杖が考えた歌学とは次のようなものである。

御杖が、和歌を詠むために最も重んじたのは「修行」と「稽古」の必要で、和歌というものは、古くから自分の心の思うまま思うさまを詠むものではなかった、と御杖は断言する。人が自らの慰めがたい心情すなわち「一向心」となる鬱々《うつうつ》とした「情」のまま、直接的に「言行」に出すと、これは、「身」を顕《あらわ》すこととなってしまう、それではむしろ必ず「時宜」を破り、「禍」となってしまう。そこで和歌を詠むことによって、「身」を隠し、歌によって「一向心」を慰め、「時宜」を全うすることができ、そのままでは「禍」になってしまうところであったものを「福」とすることができるという。その過程を得るためには、「修行」と「稽古」が必要となる。その「修行」にあたるものは、精神的とも、体得すべきものともいえるものであった。その上での「修行」と「稽古」の充足された状態でむかえるのが「時」で、その「時」が来た瞬時には吾知らず和歌は自然と出てくるものであるという。精神的修養を高く求めているわけである。また和歌によって、心が浄化され、思いが昇華されるというのである。京に幕末流行し、そのまま市内の近代化のなかで小学校となった心学の学舎での教えにも似たものがあり、事実、そうした趣きで身を治めるための学問として、北辺門の歌学を理解した者もあったようだ。

言語哲学としてみると、富士谷御杖の学派ほどストイックに言語を追求した学派は江戸時代を通じて他には、その類を見ないであろう。

江戸時代に遊算家とよぶべき人々がいて、俳諧に遊ぶ、いわゆるプロの宗匠ではない、俳遊がいたように、学芸、芸事、趣味とその程度の差こそあれ、算学を弄ぶ人々がいたことを思いおこすとよいかもしれない。しかも算学家たちのレベルは高く、明治になって、近代国家の日本人が初めて国際学会で発表の機を得たのが数学であったということも思いあわせると、学問人口の裾野の広さが高い頂上を築いていたことといえよう。北辺門の人々は和歌を正しく詠まんがために文法研究（四具）に熱心であったが、文法は純粋理論を導きだすことや、その法則性ゆえにおもしろいものであるから、和歌との結びつきを越えて、学ぶ者もあったようである。

他の近世の他の和歌の流派と北辺門が決定的に異なるのは月並歌会の折に、四具研究も必ず行われたことである。

そして、明治も末期を迎える頃には、あたかも湯茶か華道のはやらぬ流派のようになり果てた北辺門はひっそりと時代のなかに消えていったが、富士谷成章、御杖父子の学問的業績は他の学派に吸収されていき、昭和初期には完全に北辺門の学統は遺老たちと共に姿を消した。

これらをみると、京の地というものと、京における町屋の人々や京の地下《ぢげ》の下級官人たちにとって学芸とは何であったのかが窺えもする。

近代化をむかえた日本では遊算家も消え、算学は数学となり、北辺門の和歌は短歌改新運動の前に姿を消し、文法（四具）研究は、華々しい近代文法学研究発展のなかで、一研究史上のこととなってしまった。

第一章　福田美楯について

一、北辺門と美楯

近世後期から明治末期にいたるまで、上方（京大阪）で、中世歌学の伝統を継承しながらも、独自の歌学を開花させた北辺学派が、急激にその学問的活力を失速させていった大きな原因は、北辺門の中心であった富士谷御杖の死後、門人相互に確執が生じたあげく、富士谷家の人ではなかった福田美楯がその中心を握ったところにあるようである。

それについては、はやくから指摘があり、安政二年十月に、亡師子息の名を以て、美楯が「追年懐旧」の題詠を広く募り、北辺同門の五十嵐篤好から非難攻撃されたこと（『富士谷御杖集』二巻、昭和十二年三月二十五日刊、国民精神文化研究所）などがよくあげられる。

はたして、福田美楯に、どの程度の実力と一門の掌握力があったのか、本章では、それらについて、新たに見出されたいくつかの資料を用いて考察してみたい。

そもそも、富士谷成章にはじまる北辺門は『かざし抄』（明和四年刊）『あゆひ抄』（安永七年刊）などによって、四具研究として確立された文法研究の成果をも公開上梓するという、堂上衆の歌学の中世的な学統を受けながらも、近代的な方向で京大阪にとどまらず、広く学問を世にしらしめた一派であるにもかかわらず、福田美楯の如きは「四具」研究を、家学の伝授として秘伝扱いにし、ついに伝授書までをも出すに至る。

福田美楯の出した（正しくは授けた、というべきであろう）、伝授書も、本章のなかで紹介することとするが、はじめに、福田美楯の伝をあげることとしたい。

福田美楯、吉野屋左兵衛、京都高辻東洞院の漆器家具商で、天明八年生で嘉永三年五月三十日没（二十九日とも）、享年六十二歳。富士谷御杖の門人となり、北辺門の中心人物となったのは天保年間になってからかと思われる。『平安人物志』をみるに、

福田俊久　高辻東洞院東　福田左兵衛
（『平安人物志』文政十三年板「文雅」五十二丁表）

福田実楯　字号 高辻東洞院東　福田左兵衛
（『平安人物志』天保九年板「文雅」四十二丁裏）

とあり、名は俊久、後に実楯、さらに美楯と改めたことがわかる。字は祐猷という。美楯はかなり短冊を多く残したもののようであるが、稀に「実楯」署名のものが見出される。短冊が多いのは、染筆を乞う者が多かったことと、歌会運営に熱心であったことが、美楯の場合には指摘できるようである。号は幸舎とする。美楯に実子の内、長男は福田家を継ぐ祐満、二男が二十四歳で豊後府内藩御用達の

赤松家（武士）の養子となった祐以である。『富士谷御杖集』第一巻の「富士谷御杖小伝」によると、はじめ御杖の設けた月並歌会の運営所の「須賀室」（菅室とも）も、後には、北辺門の分裂をよく具現するかのように、上中下の三つに分けられて、榎並隆璉、並河基広、福田美楯の三人が、それぞれ継承した、という。御杖の後を受けた北辺の俊英たちが、北辺の発展を期して三つに拡大発展を試みたものであったのであろうが、結果的には、内紛をそのまま具体化するかのような有様を呈した観のある運営法であり、御杖の晩年はいかに北辺門が多くの有力な門人をかかえていたかをも察しうる状況でもある。そういったなかで、美楯が、徐々に北辺門の中心人物となるには、いかなる理由があったのであろうか。

二、『三教世宝 以呂波歌』

和歌の徳をもって、人を導かしめるということは古来より様々な作品に現われ、中世・近世に至っては、神・儒・仏の域を越えさせる手段となり、釈教歌は一つの分野を形成し、心学が道歌を、仏家に多くの歌人を輩出させたことはいうまでもないことである。

京においては、例えば伴蒿蹊の和歌などが思わぬ心学や仏家の施本の内に道歌や釈教歌として、童蒙の道しるべとして扱われているものを散見することがよくあるが、福田美楯の詠歌も、そうした施本めかしきものに見出すことができるので、ここにあげることとする。それは中本一冊、十四丁の『三教世宝 以呂波歌』である。はじめに、その序文をあげる。

以呂波歌序

涅槃経に廉言軟語皆帰第一義と説給へれば
あだなるうたははかなき言もいひもてゆかばたへなる
道に入らむよしなからんやは平安の維玄老人は
すなほなるまめ人にてその業をしもいとよく
つとめをさめしかば家も日にとへなん栄行なるしか
あるのみにあらずはじめは石田氏の心学の旨を
たどり後は禅門のひじりたちに従て道の何くれ
問あきらめつゝ遂にはかつ〳〵悟り得たる事とも、
ありとなんこの頃世の人ひたふるに利欲のすぢに
のみかたよるをうれひていろは歌といふものを作り
出て板にゑりてかのかたよれる輩をまことの
道のかたはしに誘ひ入ればやといたづかるゝいと
なのめならぬまめ心にこそ是ぞ廉言軟語しか
〳〵の金勅もかなひなむをやよみ見ん人こと葉の
拙く調のをさなきをもて作りぬしのこゝろ
しらびをすつることなかれこはをさな子にもよみ

とき得らるべきを専とされればぞかし

天保十四年六月

恭堂散衲敬彦湖山

法明精舎にしるす

右序によると道歌ともいうべきものであろうが、本文十一丁半にわたって六十二首載せられ、末尾には、

天保十四年夘仲夏　平安　維玄居士述

とある。挿画は見返しに一葉（図1）、そこには「春山画」とあって、心学の先生と僧侶が鳥居と共に描かれており、額には「三敬社」とみえている。本文中にも三図ある（図2）六十二首より、数首を抜き出す。

いとけなき《幼》子の身を思《おも》ふたらちね《母》の
こゝろのうみ《海》はいかにふかけん

ぬぎ《脱》すてし身《み》こそやすけれ世中《よのなか》の
こゝろのちり《六塵》やむつ《色声香味觸法》の衣を

れい《礼》なきはおのが心《こゝろ》のとが《咎》としれ
あめ《天》にうけえしまことわすれず《不忘》

なむあみだ《南無阿弥陀》ほとけの誓《ちかひ》はかりなき《無量》
ことぶきの身《み》ぞたふと《尊》かりける

おひかぜ《追風》の吹《ふく》にまかせてうき世をば
みのり《御法》のふね《舟》にのるぞうれしき

図1　『三教世宝伊呂波歌』見返し

いろは歌と称するのは和歌の第一句の頭に、仮名のいろはを順に置いたからで、右の「いとけなき…」の和歌は、その巻頭となる。六十二首載るのは、「いろは……ゑひもせす京」まで、最後が、

京《みやこ》よりこま《高麗》唐土《もろこし》のはてまでも
まことのみちはひとつなりけり

の和歌でしめくくられたあと

一《ひとつ》よりいづるまご《真》ゝろ《心》もろ人に
うけえたりけるあめ《天》つち《地》の道

ではじまり、「一・二・三……十・百《もゝ》・千世《ちよ》・万代《よろづよ》・億《おく》」の十四首が添えられているからである。よって四十八首と十四首、計六十二首となる。これは、全て維玄居士の詠歌である。

これらの本文と先の序文（二丁半）の間に、半丁を用いて一首、福田美楯の和歌が寄せられているのである。序文のかわりとしての扱いであろう。左に上げる（図3）。

一以《もつて》のこゝろを
つきほしのくにの
をしへもへたてあれや
ひとつこゝろの
ほかなもとめそ
美楯

図2　『三教世宝伊呂波歌』挿画

美楯は、富士谷御杖と同じく門徒の人であって、仏書にも熱心に取り組んでおり、『奉讃正信念仏偈歌』（弘化四年刊）の著述物さえある。御杖の仏教理解の中心が浄土真宗で、それが北辺門の歌学の根元にあるものの一つであることは、従来から、三宅清氏や竹岡正夫氏によって、指摘されている（『短歌名言辞典』二七八頁）。

多くの人々に、道を説くものとして無料、もしくはそれに近いかたちで配布される施印本に、実名で序文の和歌を載せられることはやはり当時の洛中の名誉の人か、施印本の編著者や施印刊行者に深く関わる人物か、さらに穿った見方をすると、売名行為に類することに熱心な者ということになろうか。この施印本が神儒仏の徳を説くものであることが、熱心な門徒であった美楯には、正に求められるままに寄せた一首でなかったかと考えられよう。この美楯の和歌が、他から引かれたものでないことから、編著者との関わりについても興味のひかれるところである。

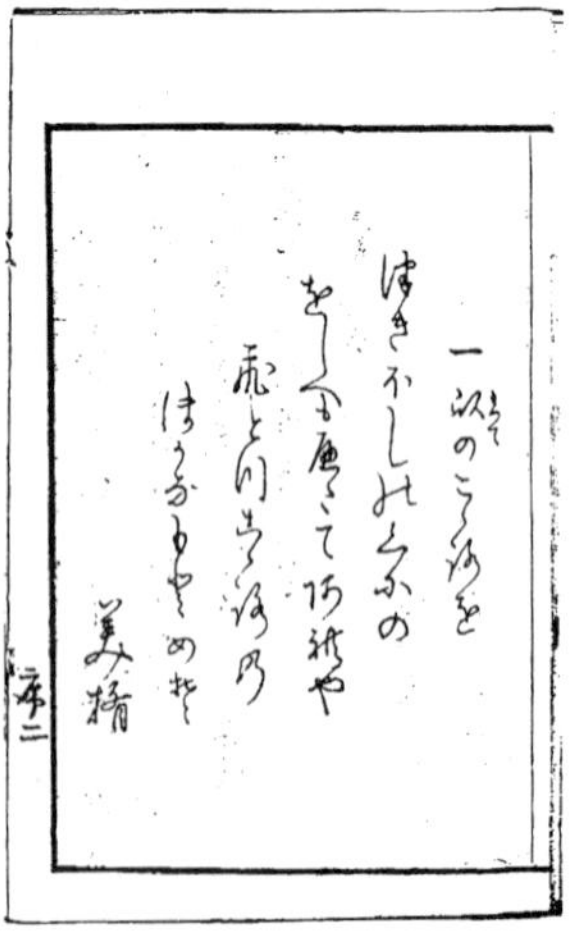

図3 『三教世宝伊呂波歌』（福田美楯和歌）

三、美楯による四具伝授

本居宣長とその学統を継承した本居大平、本居春庭と鈴屋の人々に門人帳があり、堂上衆の冷泉家にも近世期の門人帳があり、門人名簿に類するものの存在は地下堂上の区別はなく、各々は一門の人々の研究には多くの資料を与えてくれているが、不思議なことに、歌学の形としては堂上衆の流れを引いているはずの北辺門には、そうしたものの存在が知られておらず、北辺門の人々の和歌詠草に書かれていたり、四具研究の著述のなかから、従来の研究者たちも丹念に一人一人の門人を拾っている。

おそらく、どこかに存在していたのではないか、と思われるが、門人の形式をとるとは、どういうことかであるが、当然、入門誓紙をいれるといった手続を踏まえたはずで、平田門が、それを厳格にしたためであろう。京の向日町の六人部是香の家には、今もそれらの入門の折の氏名・住所をしたためた短冊が残されている。やや前置きが長くなったが、美楯には門人録に類するものはあったであろうと思われる。美楯は他の北辺門の人々が誰も門人たちに出すことのなかった四具（文法研究）の伝授書を出しているのである。

次に、その伝授書の全文をあげる。授与者は福田美楯、授受者は簑内為美で、天保期以降の美楯の歌会では主要人物の一人で、北辺門の文法研究に最も熱心な門人の一人である。ただし、簑内為美は、他の美楯の門人たちの多くが、そうであったように、北辺の四具研究の新たなる研究発展者ではなくて、四具研究という学芸の享受者の一人であったといえなくもない。伝授書は、高価な料紙を用いて、巻子本仕立て、表紙は鍛子である。見返しは、白布目地に金砂子散らしで、美楯の短冊の好み料紙の一つを用いている。巻末には美楯の花押がみえている（図4）。次にあげる。

故北辺家遺伝

一挿頭　四具　照応
　　　　三声　主賓

一脚結　図説　表裏
　　　　内外　遠近

一装　　図説　聚散
　　　　返状　知本

一名　　図説　立居
　　　　字音　韻差

以上四具

一　天地永宮

一　八雲神依

天日星月地雲霞
霧雨露雪霜神以
霊水祇鳥獣蟲畜
亀魚貝風山野里
河海根

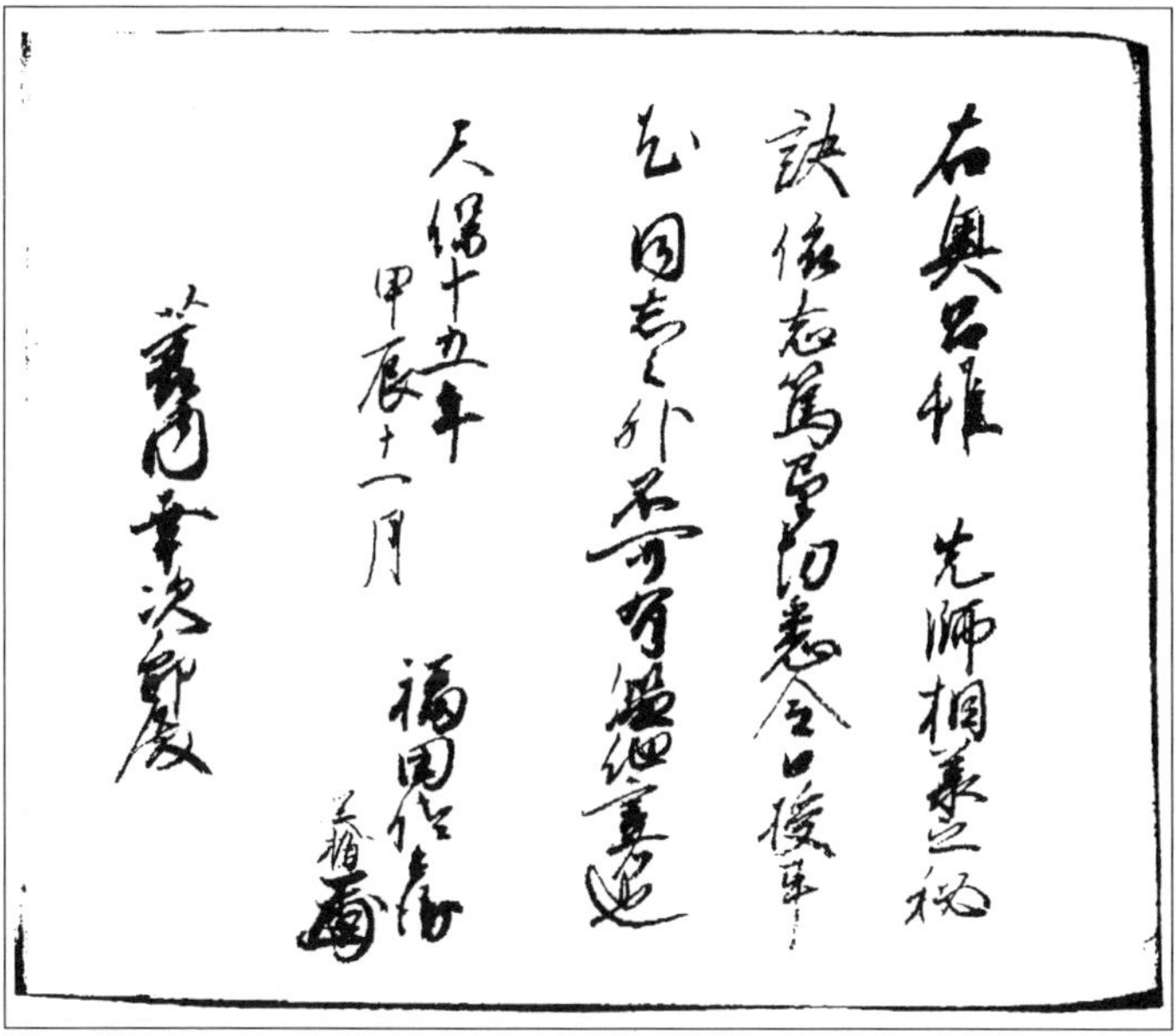

右奥呂雖　先師相承之秘
訣依志篤望切悉令口授旱
尤同志之外不可有濫他言者也

天保十五年
甲辰十一月　　福田左兵衛

図4　『故北辺家遺伝』奥書部分（福田美楯自筆伝授書）

美楯（花押）

簑内幸次郎殿

四、北辺門の和歌一枚刷

近世後期から明治期にかけて流行した一枚刷（刷り物）は、俳諧・音曲・狂歌・小謡などが多いが、ごく稀に、和歌・狂詩が出されている。特に珍とするに足るもので、福田美楯が自らの副文を付して、富士谷御杖の和歌の暗合があったことを自記したものを刷りたてたものがある。これらについては別章「北辺門の和歌一枚刷」にあげるが、その一枚刷りのあらましをあげると、富士谷御杖の門人の大分吉々《おおきたよしえ》が、「寄衣恋」の題で

あし玉も手たまもゆらに綾はとり
我こひ妻をまちあへむかも

の和歌をつくり、御杖に添削を乞うたところ、

あな玉も手たまもゆらにおるはたを
君かみけしにぬひあへむかも

となおされた。大分吉々が、帰宅後、たまたま万葉集を開くと、巻十（二〇六五番）にまったく同じ和歌があったという。そのことを吉々から聞かされた御杖は苦笑して

すさましきくらけのほねと老はてし

人にも似たるものわすれかな

と詠じたというが（この逸話は歌話として、『古今歌話』（西村天囚・磯野秋渚編、明治三十九年十月十日刊）に載せられている。）、いかにも、富士谷成章の歌論書『五級三差』にはじまり、それらを発展させた富士谷御杖の歌論書の『北辺髄脳』・『真言弁』・『歌道解醒』・『歌道非唯抄』・『五級三差弁』などなどに繰り返し繰り返し強調しては述べられている北辺歌論にそのままあてはまる如きものである。大分吉々は「大人（御杖）か此歌をわすれ給ひてのわさとはおほゆれと人に見すへきうたをいかてかおほしてかくは筆くはへ給はむ大人か歌に心をいれ給ふほとの今更のやうにうちおとろかれて」という。

このことについては、先に佐佐木信綱編『短歌名言辞典』（平成九年十月三十日刊、東京書籍株式会社）の拙稿担当の「稽古はうすくとも修行ある方歌の時に近かるべく候」（同書の二七六頁）のなかで、私見と共に、その詳細を述べたので、ここでは福田美楯についてのみ述べることとしたい。では、この一枚刷に添えられた美楯の副文をあげる。

故北辺大人の講筵につらなりつるふることの学ひ
かたき多くありける中におほきたよしえいひ
きてをりしもあれか丶るめつらかなることくさ
なむおひいてたなるとてさなから其詠草に
ゆゑよしつはらにしるしおこせしかはそのおくに大人
の口すさみさへかきてたまはれるをひめにひめおきぬ

居諸如流水すきにし年なみをかそふれはよの手
のおよひ三たひふせみたひおこすはかりにそなれりける
其時まのあたりに見きゝたりし友とちたに皆かう
泉に帰してむかしなからにのこれるかたみよりひとり
かたみかほにみゆめるをはきしかたのかたらひくさの
ねさしにもやなりなむと物しつるになむ
をとめらかあな玉たまゆらかして
いほはたちはたおりにけらしも
弘化四年丁未九月
福田美楯　しるす

右の刷り立ての経緯は、明治になって出版された『古今歌話』には、ただ「福田美楯また其余白に細々と故よし書記し、一枚摺になして、友どちに頒ちし物なり」としかされていないが、文政元年から、三十三年経た、弘化四年になぜ、このような刷り物をつくったのか、理由はまったくわからない。師の富士谷御杖の追善の配り物にしては、弘化四年は、その年祭にあわないか、と思われる。

五、むすびに

福田美楯の著述や詠草の遺るものは、膨大なものがある。処々に分散して所蔵されているが、福田家からはやく失われたようである。それらの内、最も量的に多いのは月並歌会運営に熱心であった福田美楯の生涯を示すかのように歌稿である。

　また、四具の著述も少なくない、むしろ多いというべきであろうが、北辺門の研究を発展させたというよりは祖師の教へを守る、祖述ということがあたるかもしれないが、所詮、『あゆひ抄』『かざし抄』の書入の転写や学説の整理・分類を専らとする、末書・類書ともいうべきものが多い、もっとも文法研究に従事するには、整理・分類、また師説・学説の習得・学習にあるため、多くの写本がつくられるのは当然のことであるから、これは仕方のないことであったであろうが、さらなる学説の発展にまでの余力、実力は美楯になかったかと思われる。

　むしろ、社中の結束や運営に懸命にならざるを得ない立場にあったともいえるのが美楯で、また、その能力はあったといえよう。天保年間から、古参門人中のなかで、優位に立とうとして、様々なことを画策した美楯の活動の一斑を窺う資料として、本章では、『三教世宝以呂波歌』、伝授書、刷り物の三点を紹介しつつ、当時の北辺門の動向をも明らかにすることとなったが、美楯が社中の運営に熱心にあたり、それは成功したといえようし、また、美楯の活動があってこそ、北辺門は昭和の初期まで、その存在をとどめるのである。

　それは、和歌も、文法研究も、歌学を家学として伝え守り、多くの門人たちを擁し、月並会を運営するという、いかにも京都らしい、学問をも芸術または学芸と考えて、教養や趣味の一つとしてもてあそぶ人々が多い京都にあっては、美楯の運営ぶりはむしろ、いかにも京都の和歌宗匠らしい対応ぶりであったし、美楯も、そうした対応ぶりをしめすことを当然のことと考えていたであろう。

しかし、美楯の著述は膨大なものがあり、その多くは分散しており、個人所蔵のものが、その大半であるため、本章には言い及ばぬ美楯の活動や生活があることかとも思われるが、本章で照らし出された美楯の姿は、他の資料が現われても、さほどゆらいだりするものとはいえないであろう。

第二章　北辺門の和歌一枚刷

近世後期から明治期にかけて流行した一枚刷りというと、俳諧・音曲・狂歌・小謡などがよく知られているが、数少ないながらも、和歌や狂歌・狂詩もあった。なかでも珍しいのは、北辺門で、一枚刷が出されていたことで、『古今歌話』（西村天囚・磯野秋渚編、明治三十九年十月十日刊）に、そのことが見えている。短いものであるから、全文をあげる。

（補八六）　海月骨《くらげのほね》　大八木万左式

大分吉吉《おおきたよしえ》といふ歌人《うたびと》、或日《あるひ》、その師《し》富士谷《ふじたに》御杖《みつゑ》が家《いへ》にゆきけるに、或人《あるひと》の需《もと》むる十歌《か》が中《うち》、恋《こひ》の歌《うた》一首《しゅ》詠《よ》めと有《あ》りしかば、寄衣恋を題《だい》として

あし玉《たま》も手だまもゆらに綾《あや》はとり
　我恋妻《わがこふつま》をまちあへむかも

かく詠《よ》みて見《み》せしに、御杖《みつゑ》打傾《かたぶ》きて、筆《ふで》を加《くは》へ

あな玉《たま》も手《て》たまもゆらに織《お》る機《はた》を
　君《きみ》がみけしにぬひあへむかも

となしぬ、吉吉家《よしえいへ》に帰《かへ》りて、短冊《たんざく》に認《した》めむとする程《ほど》に、傍《かたはら》に有《あ》りける萬葉集《まんえうしふ》を見れば、第十《だい》巻《くわん》に一字《じ》も違《たが》はである歌《うた》なりけり、こは御杖《みつゑ》が此歌《このうた》を忘《わす》れて為《な》しゝ事《こと》と覚《おぼ》ゆれど、人《ひと》に見《み》すべき歌《うた》

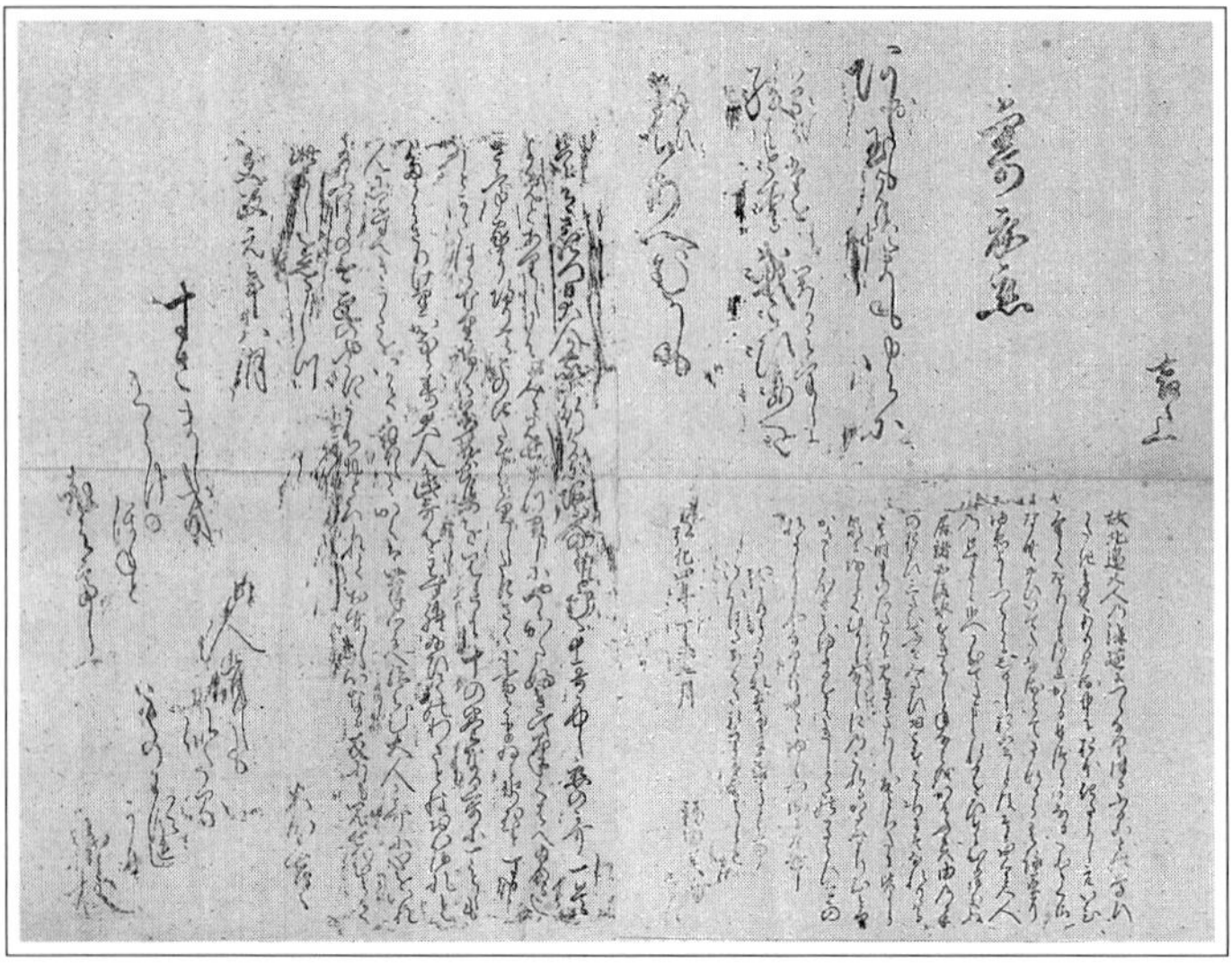

図5　和歌一枚刷

をいかで好《この》んで、斯《か》くは筆《ふで》を加《くは》ふべき、全《まつた》く御杖《みつゑ》が歌《うた》に心《こゝろ》を入《い》るゝの深《ふか》きより、偶然《ぐうぜん》に斯《か》くはなりし事《こと》よと、今更《いまさら》の様《やう》にうち驚《おどろ》きて、其故《そのゆゑ》よしを詠草《えいさう》に書加《かきくは》えて、師《し》に見《み》せしかば、御杖筆《みつゑふで》を採《と》りて、

　すさまじきくらげの骨《ほね》と老《おい》はてし
　　人《ひと》にも似《に》たるもの忘《わす》れかな

その詠草《えいさう》は、吉吉《よしえ》が秘蔵《ひぞう》せしを、福田美《ふくだみ》楯《たて》また其余白《そのよはく》に細々《こま〱》と故《ゆゑ》よし書記《かきしる》し、一枚摺《まいずり》になして、友《とも》どちに頒《わか》ちし物《もの》なり。

右にあげた、一枚刷の歌話は、赤松祐以門人である大八木万左式によるもので、和歌の一枚刷は珍しいが、北辺門の刷り出したものとなると、珍中の珍であるから、一度、見たいものと思っていたのだが、やっと中尾松泉堂の中尾重宏氏からの仲介で、入手すること

（A）
吉々上
寄衣恋
あし《な》玉も手たまもゆらに
綾《おる》はと《た》り《を》我《君》こ《か》ひ《み》妻《けし》を《に》
ま《ぬ》ち《ひ》あへむかも

（C）
故北辺大人の講莚につらなりつるふることの学ひ／かたき多くありける中におほきたよしえいひ／きてをりしもあれか丶るめつらかなることくさ／なむおひいてたなるとてさなから其詠草にかし／ゆゑよしつはらにしるしおこせしかはそのおくに大人／の口すさみさへかきてたまはれるをひめにひめおきぬ／居諸如流すきにし年なみをかそふれはよの手／のおよひ三たひふせみたひおこすはかりにそなわりける／其時まのあたりに見き丶たりし友とちたに皆かうへ泉に帰してむかしなからにのこれるかたみよりひとり／かたみかほにみゆめるをはきしかたのかたらひくさの／ねさしにもやなりなむと物しつるになむ／
をとめらかあな玉たまゆらかして
いほはたちはたおりにけらしも
弘化四年丁未九月
福田美楯　しるす

（B）
是はさきつ日大人か家に行けるにある人のもとむる十哥か中恋の哥一首／よめとありしかはよみて見せまつりしにや丶かたふきて筆くはへ給へし／さて家に帰りてこの頃たまはりしたにさくに書てまゐらせむとするほと／ふとかたはらなりける萬葉集を見れは十の巻なる哥に一もしも／たかはさりけりかならす大人か此哥をわすれ給ひてのわさとはおほゆれと／人に見すへきうたをいかてかおほしてかくは筆くはへ給はむ大人か哥に心をいれ／給ふほとの今更のやうにうちおとろかれておなし心なる友にも見せむとて／此よしをしるしつ
大分吉丶
文政元年八月
すさましき　人にも似たる
くらけのほねと　ものわすれ
老はてし　かな
御杖

図 6　和歌一枚刷　翻刻

ができた。

それを見ると、大分吉々《おおきたよしえ》の詠草（堅詠草）に御杖が添削したもの（A）と、吉々の副文〔文政元年八月〕と御杖の和歌（B）、福田美楯の副文〔弘化四年丁未九月〕（C）の三構成で、（A）（C）で上下二段、その左方に（B）を組んだものであること、各々自筆模刻の板下であることなどがわかった。

一枚刷であるはずが、入手したものは、（A）（C）で一枚、（B）で一枚で、二枚に分割されていた。板木が明治中期に残っており、それを職人でなく、素人が刷ったものらしい。また、この一枚刷は、赤松祐以門人で歯医者であった梅村三内（参内）の旧蔵書一括のなかに、はさみこまれていたものである。

この一枚刷の逸話は、歌学でいうところの

暗合というもので、ここでは北辺門の萬葉集への傾倒ぶりを示すことになろう。

『古今歌話』と照らしあわせるに、用字の異なりのみならず、大分吉々の和歌に「我こひ妻」とあるのが、「我恋妻《わがこふ》」と異同のあること、『古今歌話』では省かれた福田美楯の副文に年記があって、文政元年から三十三年経た弘化四年の刷り立てと判明もする。

福田美楯の社中では、当時の他の和歌社中がそうであったように、社中月並歌会の兼題を決めた刷物を年末に社中門人に配ったようで、関西大学図書館蔵本の美楯詠草一括のなかにも、そんな一枚が存しているが、御杖の三十三年祭でもないのに、この一枚はなぜ刷り出されたのか、美楯の副文を読んでもわからない。美楯と他の北辺門人との確執が表面化してくるのが天保期からなので、古参門人中に優位に立とうとして、色々と画策した美楯らしい喧伝方の一つが、この刷物の登場だったのかもしれない。

暗合となったもとの萬葉集の和歌は、巻十・二〇六五番で七夕の和歌が並ぶなかの一首である。

第三章　富士谷御杖と五十嵐篤好

一、はじめに

近世後期、上方を中心として北陸、九州にまで学閥を大きく広げた国学の一派に北辺門がある。北辺門は祖を富士谷成章とし、和歌を詠むことのみに専心するいわゆる「和歌者流」とは異なり、和歌を詠むことを道と心得、さらにその道具として言語を究めることに重きを置き、文法研究と和歌の実作創作とは両輪の関係とみなしていた。

よって、北辺門では、文法研究を、和歌を詠むための単なる知識習得の一つとは考えず、歌会を運営する熱心さで文法研究を歌会と共に営んでいた。北辺門では文法を四品詞に分類したため、その文法研究を四具のきわめなどと称していた。

本章は、こうした北辺門の流れと学問的志向をさぐるべくものするもので、特に新出本である『閑居吟草』三冊を中心としながら述べていくこととする。同書は、反町弘文荘が扱ったもので、弘文荘のあつらえた帙には、森銑三氏の字で、

五十嵐篤好自筆詠草　富士谷御杖自筆添削　三冊

と実に好もしい正階にて認められている。売品となるかぎりは、内容を容易に知らしむる書名を冠するのは当然のことであろう。

五十嵐篤好は自筆にて、三冊の内、第一冊目の表紙に題簽を貼付し「閑居吟草」としているので、以下、本章では、「閑居吟草」と呼ぶこととする。

二、五十嵐篤好

志田延義「富士谷御杖小伝」（三宅清編『富士谷御杖集』第三巻、国民精神文化研究所、昭和十三年三月二十五日刊）によると、

御杖の学統を承けた人としては、榎並隆璉・並河基広・福田美楯を先づ挙ぐべきである。隆璉に関しては、『富士谷御杖大人家集』等に交渉の様子が見え、『神楽催馬楽燈』にはその説をわが友として援用してゐる。福田美楯は『名人忌辰録』等には御杖と父子の関係にあるやうに記してゐるが、誤であつて、『装抄』に「門人福田美楯筆受」とあり、美楯の門人赤松祐以を承けられた小西大東氏は、御杖の菅室を上中下に分ち、隆璉、基広、美楯が夫々に之を継いだのであつて、美楯の家は塗師屋であつたと云はれた。御杖との交渉・入門は比較的遅く生じたやうだが、御杖晩年の不遇に庇護者として力を致した人に、越中の五十嵐篤好がある。

とされ、また御杖没後の北辺門の中心的存在となった福田美楯と五十嵐篤好は、反目状態にあった。それは、

篤好は「苟も師翁の志に違ふ者は何人と雖も仮借する所はなかつた。同門福田美楯などを攻撃したのは、己が説を御杖大人の説の如く装ひたる態度に慊なかつたからで、又安政二年十月亡師子

息の名を以て、追年懐旧の題詠をあまねく募ったのを聞き、大に慨を発し、直に書を富士谷家へ送りて、題詠の亡師の志にあらざる事をのべ、かつ当時の学界を痛論して、迷はず父大人の学を紹ぐべきを勧めた。」此の者は「富士谷大人三十三回忌に今のあるじに奉りし文」であらう。

とされている。

五十嵐篤好が富士谷御杖に入門したのは、御杖のまさに晩年の頃で、文政五年八月七日、御杖五十五歳の時であった。御杖は五十六歳で（文政六年十二月十六日没）没している。御杖はこの頃、不遇を極めており、

米価も次第に騰り気味の時分に無禄の身となつた御杖の生活は、随分節倹してもなほ逼迫を告げた上に、翌文政五年六月以前からであらう病に臥し、九月には「今以半身麻痺言語不通困り入り候、」と云ひ、医者門人の勧めで木や町西石垣下ルに出養生し、六年に成つて一時小康を得たのであらうが、復不随再発しその上頭瘡まで発した。篤好への書信には痛ましい言葉で経済的援助を求めてゐる。それから一度快方に赴くと見えて此の文政六年十二月十六日遂に易簀した。年五十六。

といった有様（『富士谷御杖集』第一巻、昭和十一年二月二十八日刊、一一頁）であった。

平井武夫「国学者五十嵐篤好の生涯と其の著作」、（「国学院雑誌」第二十四巻第十号）や多田淳典著『異色の国学者　富士谷御杖の生涯』（平成二年十二月二十五日刊、思文閣出版）によると、

御杖はこのようにして、言わば再起不能の死病に摂り憑かれ、既述のように、妾腹の子女歌は既

に浪華の神田家へ養女に出したが、側室と末子元広との二人を抱え、自らは病床に呻吟するという悲惨な境涯に陥るのである。唯このような時期に、はからずも篤好のような富も学識もある人物と師弟の縁をもち得るに至ったという事は、悲惨な晩年に於ける御杖にとってこの上ない幸せであり、また救いでもあったと言わねばならぬ。茲に御杖としては唯一途に篤好の好意に縋るほかなかったのも亦無理からぬ事であったであろう。篤好に対する御杖の書簡に依ると、そうした依頼の言葉は文政六年に入って一層切実さを増してくるのである。例えば同年二月二十四日のものでは、

もし当春御祝金など不被下候哉是ハ相違不申候左様思召可被下候

恐々

などと春の祝金の催促までしたり、或いは篤好に頼まれた自己の著述の書写料の前払いの請求をしたりしている。即ち同年五月十日の書簡では、

いせ物語いまた書終不申候とさの日記うつさせ可申候とさの日記八冊凡一冊筆工紙料共十四五匁ト被存候両宮弁も二十匁斗もかゝり可申哉両様ハうつさせ上可申候当地は筆工説殊外金子を急候間先金弐両弐部斗為御登可被下候

と書を送っている。これが九月二十八日のものとなると一層生々しく、

(前文省略)小子何分暮し方随分節倹を用候へとも六節金五両宛入申候右ニ付近比申上兼候へとも三月前五月前七月前十月前十二月六節金四両つゝ御取かへ被下ましく哉勿論いつ迄もとハ不

申上候小子も快気候ハヽ尾州辺遊歴可仕候は丶取集返上無相違可仕候
（中略）遊歴候は丶無相違返上之儀当地社中連印いたさせ可申候
呉々此段深く御憐察被下候様奉頼候右御頼申上度如斯御座候云々

等と、自己の生活状況をさらけ出し、且つは返済の確約に関しては、在京門人達に依る連帯保証の事まで持ち出して、金銭の扶助を乞うている。しかし篤好はその都度御杖の願いを聴き容れていたのであって、平井武夫氏に依れば、加賀百万石領内に於ても第二流とは下らない豪農であった篤好とはいえ、その志の厚さには誠に頭の下がるものがあると言わねばならぬ（『異色の国学者富士谷御杖の生涯』一七一～一七二頁）。

といったことであるから、富士谷御杖と五十嵐篤好との出会いの時期は誠に短いものであったが、その師弟の結びつきはまた誠に深いものであった。その入門の折の納金の料もわかっており、

五十嵐篤好が入門の手続を尋ねた返事（文政五年六月二十四日）には、

入門弐百疋、扇子料百疋。
右の通定式に御座候へども、これにか丶はらず身分次第に御座候。

（『富士谷御杖集』第一巻、一二頁）「これにか丶はらず身分次第に御座候」に、御杖の篤好の経済力への大きな期待がはかられる。

最も、簡略なもので、大川茂雄・南茂樹編『国学者伝記集成』から、五十嵐篤好の伝を引用しておくこととする（続編、補正五八二頁）。〔没年には諸説あるが〕

五十嵐篤好

〔生〕寛政五年一二月

〔歿〕文久元年正月二四日〔年〕六九

〔住所〕〔生地〕越中礪波郡内島村

〔姓名〕〔名〕篤好、一名厚義、〔字〕幼字小五郎、後小豊次、後父の名を継ぎて孫作と改む。〔号〕臥牛斎、香香瀬、鳩夢、雉岡、鹿鳴花園

〔学統〕〔経歴〕文化八年十村に任ぜられ、文政二年事によりて能登島に流さる。その謫居中、伊夜比咩神社の神職船木連老を訪ひ、歌書を繙きしが、「我身いま三十路もちかの塩がまに煙ばかりもたつことのなき」といへる契沖の詠を見て大に感奮し、赦免の後、歌を本居大平に学び、又贄を富士谷御杖に執りて国学を究む、文政十二年近江の望月幸智また来りて言霊の奥義を伝へき。安政五年豊後の千佳弘太夫越中に入るや、その農事に精しきを以て、篤好は留めて彼が説を聞きしが、事藩庁の知る所となり、流浪人を宿泊せしめたる故を以て、閉門を命ぜらる〻こと一年に及べり。篤好晩年多く金沢に住す。

〔著書〕雉岡随筆、同続編、歌学初訓、歌学次訓、歌学三訓、富士谷御杖歌文集、湯津爪櫛、伊勢物語披雲、天朝墨談、言霊旅暁、名言結本末、散書百首式紙形、養老和歌集、無目籠、神典秘解等あり、その他農政等に関するもの亦多し。

これによって、概略は知られるのであるが、能登への配流は、篤好の人格の形成に大きく関った事件

のようで、本章で取りあげる『閑居吟草』のなかにも、それについて触れられた詞書もある。晩年の不遇をかこつ御杖への支援は、富裕な農家の環境から生まれた性格であり、師の御杖への学問的尊崇によってのものであろうが、自らの辛労の体験が重ねられたことは容易に想像されよう。また、好学の人であるが、高踏な趣味人の余業といったよりも、右にあがる篤好の著述をみても、純粋な学術研究書が多く、『国書総目録』（岩波書店）をみると、『数学摘要録』、『関流算法指南伝』、『新器測量法』（安政三年成立）、『筆算付追加』（文化九年成立）などの算学の著述や『領絵図仕様』（享和二年成立）『内検地方』（享和二年成立）、『立毛見分心得之事』（天保五年成立）、『高免考・夫銀考・着米吉初銀考』など庄屋（村役人）としての行政能力を示す著述や、『苗代名義考』（天保七年成立）といった篤農家らしい著述もあって、それらの幾つかの指向が篤好の全人格のなかで一つとなってかたちを結んでいたかのようである。

三、『閑居吟草』について

先述の如く、五十嵐篤好と富士谷御杖との交流は短く、師弟の礼をとってからはわずか二年であったことになる。本章で取りあげる『閑居吟草』（弘文荘の売品としてつけられた帙の題簽名『五十嵐篤好自筆詠草　富士谷御杖自筆添削三冊』）は、越中から京の御杖の許に送られて、御杖の添削を受けたあと、再び篤好の手許に返送されたものである。

これによって、晩年の御杖の学問と越中における北辺門の五十嵐篤好の学風についての一斑を窺うものとしたい。

『閑居吟草』という題は、後になって、篤好自らが名付けたもののようである。また第一冊目の表紙に打付書にて、

富士谷御杖大人加筆八冊之内

と篤好の自筆で認められている。現存するのは、その八冊の内、一二三の三冊のみで、他の五冊は、『国書総目録』をみても、書名に該当するものが見出せない。

また表紙に「一　詠草」とあって、各冊十丁～十四丁のもので、五十嵐篤好の詠草に御杖が添削を施したものであるが、一と三の冊には、和歌の後に、

おのれ篤好かかうもやとおもひえたる事の定わふる事ども

として、歌語や物語（古典作品）についての考証を述べて、これに批評を乞うている。これが、いかにも御杖における題詠という形式にのみ汲々とすることを排し、本来の和歌に立ち返り、また言語と精神と和歌との昇華合一によってのみ成される世界への希求が正しく篤好には学統として伝えられたかとの姿が垣間見られる。

そのなかでも、特に注目すべき考証の一条をあげる。御杖の評は（　）のなか記す。

一伊勢物語に手を折てあひみし事をかそふれは十といひつゝ四つはへにけりといへる歌の十といひつゝ四つといへるを四十の事也又十四の事なりとその説まち〳〵なれは真淵のうしも四十といふ説はよろしからんといひおき給へとそのもとの説なし

おのれおもふに是は四十の事なれどたゝに四十の事をいはんにかくいふへからず手を折てかそへる時の詞にて一二三四五と次第に手を折十《トヲ》といひては又一二三四五と次第に手を折十といひてはもどりする事の四ツになりたるといふ事なるへし

つゝといふてにをはは　見つゝはミイ〳〵聞つゝはキヽ〳〵といふことくこれも十といひ〳〵する事か四ツになりたるといふならんされは四十の事をうちまかせてはいはじ

（仰の如候　四十の事には存候　十四にてはつゝの用なく候）

大津有一著『増訂版伊勢物語古注釈の研究』（昭和六十一年二月二十八日刊、八木書店）には、富士谷御杖の伊勢物語の研究注釈書である『伊勢物語燈』と五十嵐篤好著の『伊勢物語披雲』があげられて、その解題があげられている。先にあげた『異色の国学者　富士谷御杖の生涯』になかでは、この両書について触れられて

今一点、成元期の述作として注目されるものに、先にも触れた『伊勢物語燈』がある。もっともその実物の所在は今日不明であるが、幸い御杖晩年の門人、越中在住の五十嵐篤好がその著『伊勢物語披雲』の中に、如何なる経路でか入手していた、明らかにこの時期に書かれた『伊勢物語燈』の第一段から第五段までの注解を、本文の一節毎に「燈に曰」として克明に書き込んでいて、これに依り同書の概要をばほぼ窺い知る事が出来る。（一一〇頁）

とされている。また、この御杖の伊勢物語の注釈書で再撰本にあたるものが東儀正氏蔵本で、

この書も初段から第五段までの注解に止まり、しかも内容面でも多分に前者に相通ずるものがあり、これと一連の繋がりをもつ著作である事が考えられる。唯この方は文旨も簡潔明瞭で、極めて洗練された叙述となっていると共に、契沖説に代わって専ら真淵の『伊勢物語古意』の説を多く参考として取り入れている等、比較して見る上では特に注意を引く点である。尚いわゆる正本の方には、「披雲」引用本では名のみで、篤好をして「此大旨の草稿いかゝなりけむ…をしむへき事也」（『新編富士谷御杖全集』第三巻一六頁）と嘆かしめている「大旨」が書き添えられていて、書名のいわれ、作者の事、更に物語の書きざまについて述べ、終りに所詮この物語は総て韜晦的手法を以て書かれているのであって、史実との齟齬などから由なき作り事と思い惑わされるような事なく、倒語の妙用をば味わい知るのが肝要であると結んでいる。即ちこのような考えは、御杖の後年に於ける古歌或は古典の類の注・解釈上の基調として共通するものであり、しかもそれが既述したように、早くは「披雲」に引用されている『伊勢物語燈』の中にも見受けられ、言わばそれらの源流を為しているとも見られるという点に於て、此の篤好の言う「富士谷大人成元といひし時書れし伊勢物語燈といふもの、草稿」はそれなりに大きな意義をもつものと申す事が出来るのである。

という。先にあげた引用文中の篤好宛の御杖の書簡に、「いせ物語いまた書終不申候」とあるのは、おそらく御杖の『伊勢物語燈』にあたるものであろうし、書簡に続けて「とさの日記うつさせ申候とさの日記八冊凡一冊」とあるのは『土佐日記燈』かと考えられるが、先の篤好の『閑居吟草』の伊勢物語の「十といひつゝ四つはへにけり」の考証に次にあがるのが土佐日記での考証であることをみると『閑居吟草』の第一冊は文政六年の五月十日以降か、その前後に、御杖の許に送られたものということになろう。次に、土佐日記についての篤好の考証をあげる

一土佐日記のうち口あみももろもちにといへるを口網は口細奥細といふものありといひ又くちは魚の名也　その魚をとる網をくち網といふなと諸家の注あれとやすからすおのれおもふに口網はたゝ口といふ事にもろもちといはん料に所からなる網をそへてふみのあやをなすなるへし今の俗言に口車に乗せるなといふ口車のたくひならんかし

（小子は朽網の義かと存候　勿論あのくたりはわさと戯にかけるもの也　此記このたくひ多し　小子注解いたし申し去年金府にかし置申候）

『土佐日記燈』は、この折は御杖の手許になかったことがわかる。

五十嵐篤好のことは平井武夫「国学者五十嵐篤好の生涯と其の著作」によるところが大きいが、御杖自筆の文政五年詠藻の表紙裏に、この年の入門者の氏名等が記されたうちの一行に

同年八月七日納贄　越中礪波郡五十嵐余右衛門篤好

とあるので、その後でなければ、『閑居吟草』は成立し得ないわけであるが、文政五年六年頃の御杖の有様もよく窺えるものといえよう。次に『閑居吟草』の第一冊から、表紙裏に書かれた御杖の総評をあげる。

古き世ふり近き世ふり

口よりいつるにまかせ
たれはうちまじれり
初はすへて口よりいつるまに
いふものにあらす言書せぬ国
言霊のさきはふ国なと古き
をしへありよく思をさためて
後は口にまかせるやうにも
みゆる也後の世人これを
みあやまてり

これは、富士谷御杖の歌論の中心であり、『北辺髄脳』などで繰りかえして述べていることで、遠隔地の門人にもこうした短かな表現で、ことあるごとに自らの歌論を示していたことがわかる。

いずれにしろ、地方門人が在京の師に和歌の添削を乞うのは珍しくはない。しかし、本居宣長が地方に多くの門人を持ち、一度も相見えることもなく、書簡往来をもって門人たちが学問追究を極めたということはよく知られているが、北辺門にも、それがあったということは注目してよいことかと思われる。しかも、それが北辺門にとって皮肉なことは学派の中心であった御杖の最晩年のことであり、最も御杖の目ざすところの学問を正しく理解できたその門人（五十嵐篤好）は在京の他の門人とは反発しあって、北辺門の後継者とはみなされなかったことである。なぜならば、在京の北辺門の中心となった福田美楯こそ、華やかな歌会と社中の運営に熱心な人物であったからで、それは五十嵐篤好には許せぬことであった。

先に第一章「福田美楯について」のなかで紹介したが、美楯は先師の富士谷御杖も、学祖の富士谷成章も出すことのなかった「故北辺家遺伝」と称する四具伝授の伝授書を簑内為美（幸次郎）に天保十五年十一月に出しているが、これは美楯が門人の心を自らの社中につなぐためにかなり数を出したようで、大谷女子大学国文学科編『富士谷成章』（昭和五十九年九月二十九日刊、大谷女子大学発行）に「32故北辺家遺伝」として載せられているものは、「福田美楯が弘化三年一八四六大堀宇兵衛あてに書いた一巻。」とあるが、架蔵の「簑内幸次郎」宛とほぼ同内容で（やや「簑内幸次郎」宛の方が省略されている）、類似のものが他にもあったことと思われる。

これなど、篤好には正に許せぬことの最もたるものであったろう。こうして、北辺門は分裂と衰微をむかえていくのであった。

本章末尾に『閑居吟草』より、五十嵐篤好の思いの込められた和歌をあげておくこととする。

友たちなりけるものひとゝせかりそめのやうにて国をいてけるか
ゆくへしれすなりける此頃反古の中にてその人の文みいて、
立わかれゆくへもしれぬ友鳥のふみとめし跡みるがかなしさ

ひとゝせ能登の島山に流され住ける頃おもひつゝけける事どもの
うちきさらきのはしめ東の海へたにゆきてみれはわか越ちの山とては
たゝ立山のみぞいとはるかにみえける
いさけふは雲なかくしそみてをたにおもひやゆくと我こし物を

第四章　福田美楯社中の雅文の会

一、福田美楯と社中

福田美楯については、先章「福田美楯について」のなかで、その人物の一斑と美楯の北辺門のなかでの役割、また当時の京都歌壇の風潮などについて述べた。
本章では、新出資料の福田美楯の社中の雅文と長歌の文藻一綴を紹介しつつ、従来知られていなかった北辺門の構成の歌人や短歌だけでなく雅文や長歌にも、その会にものしていたことに注目して論じることとしたい。
福田美楯は、富士谷家とは血縁では無いにもかかわらず、『国学者伝記集成』（一二六八頁）には、
福田美楯（索引には「富士谷美楯」と載る）
生　二四四九、光格、寛政元年
歿　二五一〇、孝明、寛永三年五、三〇
年　六二
本姓　富士谷　通称　左兵衛　号　幸舎　以上、忌辰、下
系図〔編者補〕
富士谷成章―御杖―福田美楯

学統〔忌辰、下〕

京都にありて、父の教を受けて、其徒に教ふ。

とあるのも、墓所墓石のことから、かかる誤伝が生じたようである。『和学者総覧』などには、訂せられてある。福田美楯が亡師の遺児の名をもって、追悼の和歌を広く世から集めようとしたことなどで、北辺門においては富士谷御杖没後、よろしからぬ雲行きとなったり、門人の間に不和確執が生じたのも、美楯の行動が物議をかもしたからに他ならなかったが、京の町屋で漆器商の主人でもあった美楯は歌会の宗匠としても如才なく振る舞い、北辺門の有力な門人たちが次々と没していくなかで、いつしか北辺門の中心的人物となっていた。なかには、富士谷成章、御杖父子の出さなかった四具（文法）研究の伝授書まで出すという美楯には、五十嵐篤好などは強く反発を示したが、天保期には、北辺門の中心としての働きを存分に示してもいたのであった。本章で紹介し論ずる福田美楯社中の雅文長歌文藻一綴は、そうした美楯の絶頂期の資料一点である。

二、福田美楯社中雅文長歌文藻一綴

本章で扱う資料は、他に数点の美楯自筆の雅文や短冊と共に拙蔵となったもので、一綴に一六葉の巻紙（龍紋のはいった豪華な料紙）が綴じられており、各々、次の題と作者である。

①福田美楯　1「詠紫藤露」

②榊原瓊矛　2「紫藤露」

榊原瓊矛　3「山」
③進藤瓊音　4「氷室詞」
進藤瓊音　5「蛍詞」
④猪苗代日並6「夜」
⑤簑内為美　7「樗の詞」
猪苗代日並8「漁父詞」
⑥上田真具　9「樗誰家」
上田真具　10「朝長歌」
簑内為美　11「紫藤露長歌並短歌」
進藤瓊音　12「白鷺立洲長歌並反歌」
進藤瓊音　13「詠紫藤露」
猪苗代日並14「詠紅躑躅歌」
⑦高田真佐比15「傀儡」
簑内為美　16「紫藤露詞」

雅文と長歌が中心となる雅会の折りのものと思しく、題に最も多いのが、「紫藤露」である。この頃、雅文の会は処々の歌人国学者の会で催されており、伴蒿蹊は『国津文世々の跡』（安永三年刊）や『庭の訓抄』を編著して、雅文を世に広め、自らも名文家であったが（『閑田文章』享和三年刊）、社中門人らと雅文の会をもっている（『伴蒿蹊集』国書刊行会）。
また、藤井高尚も『消息文例』（寛政十一年刊）や『三のしるべ』（文政九年刊）『松屋文集』（文化八年刊）『松屋文後集』（文政十年刊）『松屋文後々集』など著している名文家にして、雅文への一家言ある国学者であるが、月並の雅文合を催していた。門人の片岡徳編で『文あはせ』二巻二冊（文政四年刊）があって、門人らに歌合と共に文合が自然なものとしてあったことが窺える。

福田美楯の社中も、そうした雅文の流行に敏感であったのであろう。もともと、北辺門においての四具研究は和歌、ひいては、言語を窮めるためのものであったが、こうした韻文としての和歌と四具研究との関わりに対して、散文については、やや興味は稀薄で、かろうじて、富士谷成章に読本風の自筆稿本『白菊奇談』や富士谷御杖に『伊勢物語燈』『土佐日記燈』『北辺文抄』などの散文による創作や、散文文芸の研究をみることができるのだが、このことと美楯の社中の雅文の会とは直接的に重要な関係は認められないようである。それは、次節にあげる社中の文藻の作品からは濃厚な北辺門の特徴といえるものが見出せないからであるが、かといってまったく北辺門の歌風や学統の香りというものが認められないわけでもない。

三、社中文藻と社中の人々

北辺門の人々の構成については、まだ充分に知られているとはいえない。特に福田美楯をめぐる人々についてはよく全体はつかめていない。そうした点からも、本章で扱う資料は貴重であるが、従来知られていなかった北辺門の人の名もみえている。

先にあげた人名を番号であげながら、その小伝をまとめ、その作をその後に翻刻してあげることとする。連歌師の猪苗代謙道（日並）の名が、福田美楯を最も信奉した門人の簑内為美らの名と共にあがるなど、当時の京都における北辺門の立場や力量も推し量られる。

①福田美楯（1）

吉野家左兵衛、京都高辻東洞院の漆器商で、天明八年生、嘉永三年五月三十日没（二十九日没とも）、享年六十二歳。名は俊久、後に実楯、さらに美楯と改めた。号は幸舎。

◎『平安人物志』には、文政十三年（文雅）、天保九年（文雅）の部に所載。

1衣手のひたちの国はひむかしに
　かたかりたれや青初しならの
都に千早ふる神かきしめて
しけりゆくことわりよけに咲さかす
うら葉の露よりも花おほかねや
しらかさねかさねし袖も匂ふへく
よそあかりますす藤並のなみ〳〵ならぬ
波のおとは松にゆつりてとよめ
けるかな

反歌

から人のあけをうはふといみたりし

色としもはたみつゝひかむる

詠紫藤露　美楯

②榊原瓊矛（2、3）

小浜の人、自筆短冊（架蔵）の自筆裏書による。詳伝不明。

2　紫藤露　瓊矛

長歌

陰たかき松をまとひて梢より

したりしたれる紫の藤の花ふさ

露ふかみ過にし春のかたみそと

みるはかりたにあやしくも袖しめれるは

久かたのやすのかはらのきしのへに

たちたゝよへる波の花毎

短歌

しらつるよ雲井にみゆる

紫のふちのうら葉の

つゆはなめつゝや

3　山　　　瓊矛

久かたの空行めぐる白雲の
さきともしらてあさな〳〵ふしの
すそ野にたちゐつゝたちこえ
かぬる其雲のうへにたかねは
いやたかにけふりたちけむ
いにしへは月さへ日さへいかに
くもりし

③進藤瓊音（4、5、12、13）
姓は藤原。代々、青蓮院宮家に仕える坊官で、粟田口に住む。文化十三年生、明治十一年七月二十八日没、享年六十二歳。千尋（千比呂、千弘）とも称し、名は為周、加賀守に任ぜられる。父は進藤為純で著述が多い。瓊音（千尋）の著としては『進藤千尋陵墓雑稿』二冊がある。
◎『平安人物志』には、嘉永五年（和歌）の部に所載。

4夕立をしくれときゝ
みねなす雲をゆきかと

見てしは氷室の山の
さかならむかし
松のさきまつの常盤に
あえたれや夏も氷の
消さささるらむ
右氷室詞　瓊音

5　蛍詞　瓊音
ものみる科にあつめしは
遠きむかしとなりていまは
をさなきもの丶あそひかたき
ときなれりけるか丶るたくひ
世に多かめることはいたむ
へしをしむへし
とふほたるいてこと丶はむ
いにしへに似たる軒はの
今もありやと

瓊音

12　白鷺立洲長歌并反歌

峯なせる雲のうつれる川水の
うきすに立て物おもひ
思ひ顔なるしらさきよ天津
み空のうへしたにみゆるや
いかにいふかしとはふき
かねてかいさよふならむ
鱗はよるをまつとも
しら鷺のはしにあへなく
かゝりけるかな

13　詠紫藤露

梓弓はるさく夜は青柳の
いと多けれとちるにとく
まつに遅しやしかれはと

ひとのこゝろをつくしぬる
なけきたえぬは春なから
くれなくはともかつねかひ
花し散らすは千年をも
へぬへしとよみあるはまた
春しもことにけなきと
うらみしこともいにしへに
あかしとそきゝしかすかに
常磐の松にひたみち
しなひも長くあさ夕に
置露たにもむらさきのゆる
しの色に匂ひつゝくれ
ゆく春もおもほえす夏さり
くれとさしなから花そ
千とせにあかぬともなる

瓊音

④猪苗代日並（6、8、14）

猪苗代謙道、字は日並。連歌師で法橋に叙せられている。文化十四年生、明治十五年九月四日没、享年六十五歳。連歌師猪苗代謙徳の弟。

◎『平安人物志』には、天保九年（連歌）、嘉永五年（連歌）の部に所載。

6　夜　　日並

弓張の月のいるより弓張の
月いつるまて月ことにさやけく
てらす月かけはさもあらはあれ
夏くれはほたるをあつめ
冬来れは雪をあつめむ事
たにも今はなかりき君か
代にいくすちとなく玉ほこの
道はわかてと心から窓の
ともし火かゝけえぬ身は
いたつらにぬは玉の永々し夜も
ねてあかしぬる

8　漁父詞　　日並

現身の世の人は後の世ねか
はむとて御仏にともし火
たむくときく物をおなしき
火ともしなからもの丶命を
とらむことはとおもふ物から
みちなむ汐時をまちえつ丶
くもはこひやくもからきわさの
限なれはやむことなく沖遠く
舟出して何をしるへとも浪間に
夜もすからたる丶糸のこ丶ろ細くも
水の江の浦島か子の亀ならて
つらまくほしき鯛かつをかなと
うちなかめつ丶永きよるひるを
あかしくらしぬ

日並

14　詠紅躑躅歌

万代もときはの松のみとり
いろをはちさするかと三千年に
なるてふ桃の花ちりし跡を
つくかも朝日かけまちえて
にほひゆふ日影をしみて匂ふ
其菊いまをさかりとわかおもひ
いはての山の磐の局のいはくも
しるしほとゝきすしのふの
里の忍ひつゝなきつる声は
こゑたかくなくらむよりも
なこりかなしや

⑤簑内為美（7、11、16）
姓は源、通称は幸次郎。名は為美、為善とも称した。号は洗心庵。生没年不詳。二条東洞院西、木屋町三条上ルに住し、屋号を丸大と称する薬種屋を営む。平曲に秀で世に知られた。架蔵の『故北辺家遺伝』一巻は、美楯が天保十五年十一月に為美に伝授した四具伝授書で、美楯の直門のなかでも信奉者の一人であったことがわかる。
◎『平安人物志』には、天保九年（平語）、嘉永五年（平語）の部に所載。

7　樗の詞　　　　　　為美

立おくれたるふちなみのよするかと
みしはやこれなむあふちの花
のさけるには有けるよしや
花めかぬはなにはあれと春は
やくつみし野澤も今はまくさ
のよすかとなれりけれは
鎌まろにさへまつろひて千
くさの花のあとたになしそか
なかにあふちのはなのひとりこちて
時えかほに咲も山里にはふさ
はしくよるもねやの戸さへ
さゝてことさらなかめかちにやすいす
　をさまれる御代にあふちの花さきぬ
　かたきとてきくやまほとゝきす

11　紫藤露長歌並短歌　　為美

言霊のさきはふ国は人ことに
玉しひろへは我もいかてもたは
をらしと浦にいて渚にたちて
藻塩草かきさくれともその
たまをえも拾はねはなかき日の
春もくれけりふちなみのたつをし
見れはうらわかみおけりし
露のめもあやにわきて
いろこくむらさきの真玉もたしぬ
たゝへさらめや
反歌
松か枝にかゝる浪間をかきわけて
ふちのうらはに玉やひろはむ

16　紫藤露詞　為美
秋風の吹そめし日より
あさ茅色つきはしもみち

のうすくこくにしきおりなし
冬ははし鷹のうは毛に玉と
ちるも皆ひとつ露のわさ
なりしいてやいろかへぬ常磐
木は露しもゝ染かねしを
おのれあけをうはふさえもて
松の千とせをさへはひまつひ
てみなからゆかりの色となし
はてぬるはまた露のいさを
ならすや

　こその秋のからくれなゐをしたそめに
　松をくゝりてあまる雫か

⑥上田真具（9、10）

通称を要助。生没年不詳。福田美楯の審神舎の月並歌会のメンバーで（別章「北辺門人と審神舎中月並歌会」）、著書として『詞《ことばの》多《た》図記《づき》』（弘化三年刊）があって、同書は一舗のささやかなものであるが、本居宣長と北辺門の四具研究の成果を相あわせたもので、よくまとめられたものという（建部一男「詞乃多図記について」「立命館文学」第三七九・三八〇・三八一号、立命館大学人文学会、昭和五十六年三

月二十五日刊）（建部一男『近世日本文法研究史論』双文社、昭和六十一年三月十日刊）。

9　樗誰家　　　　真具

あし曳の山ほとゝきす一こゑは
今もすへきやむら雲の夕ゐるなへに
軒しめてにほふ樗のかけよりも
ひきてすめるはうつせみの世をのかれたる
人ならはほかのまさことききかまくほしき
　反歌
ふるあめにやとりて
花あふち
人なとりめそ

10　朝長歌

ぬは玉の夢てふ物のなかりせは
春の夜頃のひとりねの心はゆたに
あらましをまほろしにたにみえわたる
まくらの山の朝露に匂へる花の

色をさへみな〳〵ほしさにたちいてし
かな戸もさすか人とはゝみやひ心の
あさきよりあさいやするとおもふ覧はた
真具

⑦高田真佐比（15）
京都万寿寺高倉西に住す。生没年不詳。弘化五年の審神舎中の月並歌会に参座している（別章「北辺門人と審神舎中月並歌会」）。

15　傀儡　真佐比
浪のよる〳〵旅人のうさ
なくさむるはうれし
飛鳥河ふちせとかはる
ちきりはうくめしくるしみ
の海に身を沈め
たるはかなしたけき
ますらをもゝとせの
身をわするゝは此君
ゆゑにこそ

四、むすびに

本章で紹介した資料は、猪苗代謙道という当時の京都における一流の連歌師をメンバーに迎えた豪華なものであり、作もさすがに法橋に叙せられるだけあって練れた出来映えである。

この雅文長歌の会は天保年間から嘉永年間の頃かと、メンバーの構成から思われるが、福田美楯の絶頂期であり、当時の京都歌壇での強い存在であったことが偲ばれるところでもある。

また、北辺門の本来の立場は歌学の伝統からいうと、地下の堂上派の歌学がその基本であり、学祖の富士谷成章が有栖川職仁に学んだことにはじまる。

そうしたことが、京都の人々にも広く受けいれられたことの大きな要因であったろう。

第五章　北辺門人と審神舎中月並歌会

本章は新出資料、福田美楯・赤松祐以・上田真具ら北辺門歌人による審神舎中月並歌会『弘化五戊申年　月並兼題当座認　審神舎中』一冊（架蔵）を紹介考察するものである。

一、審神舎《さにはのや》について

審神舎の名称については、三宅清氏が『富士谷御杖』（三省堂、昭和十七年十月三十一日刊）に「（富士谷御杖は）文化十四年九月に至って五条坊門に家をかりて、審神舎《さにはのや》の名のもとに人々を導かんとてここに移り住んだ。其年は家にも帰らずして此の審神舎に於て年を迎へた。

あしがきの中のにこ草引むすび都のうちにたびねするわれ

文政三年には「人々のなさけによりて小寺町なる家にうつり住」んだ。此家を須賀室《すがむろ》と名づけてゐ

図７（架蔵）
富士谷御杖短冊

図８　書林竹苞楼主人宛富士谷御杖書状（審神署名）

る。」とされ、審神舎の名を紹介すると共に、それが文化十四年から文政三年の間であったことを記している。また、『富士谷御杖集』第一巻（国民精神文化研究所、昭和十一年二月二十八日刊）所収の『古事記燈神典』（上田万年先生蔵とあり）に「文化十四年丁丑十一月二十八日始援筆于五条坊門審神舎」、『古事記神典』（京都帝大国文研究室蔵）に「審神舎藤原御杖述」「文化八年辛未臈月二十九日稿成」とみえている。水田紀久等翻刻『竹苞楼来翰集』（京都大学国語国文資料叢書三十一、臨川書店、昭和五十七年四月二十日刊）所載の一通（同書一八〇頁）には「北辺」「御杖」でなく「審神」の署名の書簡がみえている（現在、架蔵）。先述、三宅清氏によると文化十四年から文政三年が、その号を用いた時期であるが、或いは文化八年から文政三年の頃の書簡であろう。

審神の号は、『平安人物志』に載せられる野口比礼雄も用いている。野口比礼雄は富士谷御杖門人で、福田美楯、荒木千秋と共に『万葉集燈』の校訂をなしており、板本には「門人　野口比礼雄校」とあるものもある。北辺門人のなかでは『北辺家説四具』一冊、天保十四年（『国書総目録』による）といった著述もあり、竹岡正夫『富士谷成章の学説についての研究』（風間書房、昭和四十六年四月十五日刊）によると富士谷成文（祥運）著『脚結抄師説』にも比礼雄注があるという。

人名録等では『国学人物志』（安政六年跋刊）に

比礼雄　京　野口式部

とみえ、『平安人物志』によると

野口比礼雄　柳馬場三条北　野口式部（文化十三年板「和歌」の部）

源比礼雄　号審神又桜生 聖護院村　野口式部（天保九年板「和歌」の部）

とあって「審神」の号を用いたことがわかるが、本章に取りあげる審神舎中の歌集（弘化五年）には比礼雄の名はみえず、比礼雄が没したのも天保十四年頃かと思われる。

後述するが、成章・御杖の学説継承の中心となるのは審神舎中ではなく、むしろ須賀《すが》室であった。先述、三宅清氏『富士谷御杖』のなかで須賀室と名付けられたのは文政三年に小寺町にうつり文政六年に

御心をすが〳〵室は天地の神の御為に神ぞ造りし

と詠んだのによることを紹介されている。また、須賀室社中蔵版『葛紘風響』（後述する）にも、その旨が記されている。『富士谷御杖集』第一巻の「富士谷御杖小伝」によると「御杖の菅《すが》室を上中下に

分ち、隆璉、基広、美楯が夫々に之を継いだ」とされているが、安政二年十月、亡師子息の名を以て、一門人にすぎぬ美楯は追年懐旧の題詠を募ったりして五十嵐篤好から攻撃されたりしながらも、いつしか御杖没後の北辺門の実力者となり、福田美楯没後は二男の赤松祐以が須賀室を継いだ。赤松祐以は二十六歳で須賀室を継ぎ、明治三十六年暮冬に門入宅に須賀室を移したが、明治四十四年四月二十五日、八十七歳で病没した。赤松祐以追善の配り本『葛絃風響』（祐以歌集）（須賀室社中蔵版（乾坤二冊）大正元年十月十二日、大八木萬左式編輯）があって、北辺門末流をここに最期とするといえよう。

松尾捨次郎『かざし抄』（大岡山書店、昭和九年七月二十日刊）、江沢邦子「富士谷成章」（『文学遺跡巡礼—国学篇—』第三輯、光葉会、昭和十六年十月二十日刊）には、赤松祐以の門人、小西大東、上野正聡があり、彼らが大正昭和初期にまで存した北辺門の人々である。

須賀室社中では、北辺門の家学である文法語学研究と共に月並歌会が興行されており（『須賀室社中月令歌集』、文政十年～嘉永三年、十六冊、架蔵本。嘉永三年五月三十日福田美楯六十二歳没であるので（享年六十とするものがあるが誤り）、美楯の須賀室社中歌会のほぼ全容を知る資料である、調査研究のうえ発表したく思う）、また明治期にも若干の出版活動があり、富士谷御杖著『大祓燈』一冊（架蔵）は「須賀室蔵梓」として明治六年十二月刻成、京都書林鈴村徳兵衛・乙葉宗兵衛より上梓されたものである。同書（『富士谷御杖集』第二巻所収、国民精神文化研究所、昭和十二年三月二十五日刊）は、全十一丁の片々たる冊子であるが、赤松祐以の跋文半丁を附し、北辺門末流の動向と存続を知るうえで意義あるものといえよう。同書には明治十二年刊の板もあるという（『富士谷御杖集』第二巻、解題十七頁）。

二、書誌及び解題

『弘化五年審神舎中月並兼題当座認』一冊の書誌をあげつつ、考察を加えていきたい。

〈書誌〉

○書名　表紙打付書にて「弘化五戊申年　月並兼題当座認二　審神舎中」、内題無し、仮称として
　『弘化五年審神舎中月並兼題当座認』とする

○体裁　大本一冊、縦二十七・三㎝×横十九・八㎝、原装、大和綴

○丁数　全七十三丁、墨付七十二丁

○行数　半丁ほぼ九行〜十行
　字詰　一行ほぼ二十五字〜三十四字

○『国書総目録』未収、自筆稿本、表紙打付書に「二」とあるため第二冊目か、第一冊所在不明未
　見、「二」のみ架蔵

内容をみるに、舎中月並歌会歌集一冊で弘化五年二月二十四日（正月二月両会興行）から嘉永元年十二月五日（八月〜十二月五会興行）までの一ケ年（弘化五年は四月に改元、嘉永となる）の和歌、長歌、和文を当番の行事の自筆をもって交代に浄書したものである。

その月並興行をあげる。

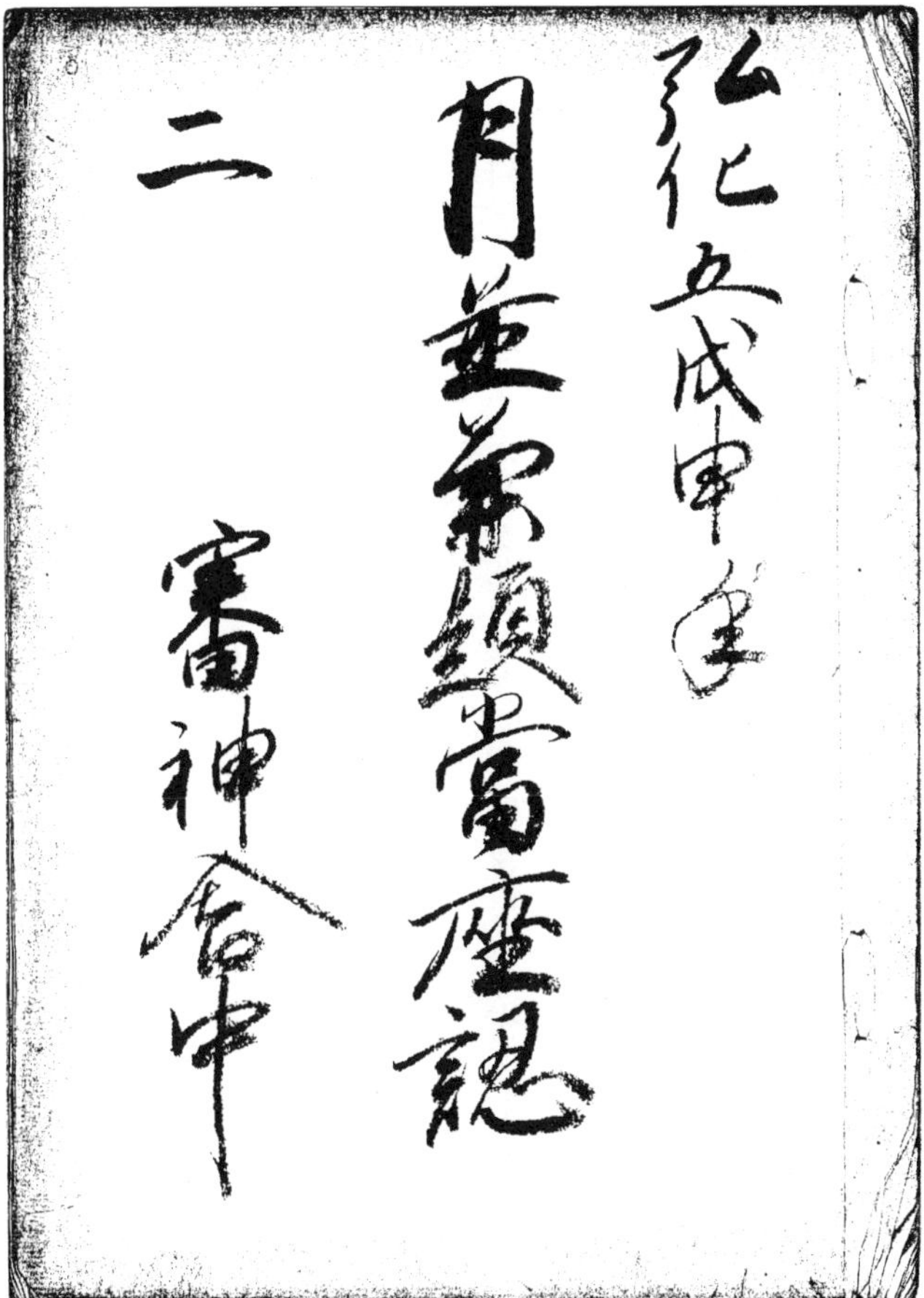

図 9 『弘化五年審神舎中月並兼題当座認』表紙

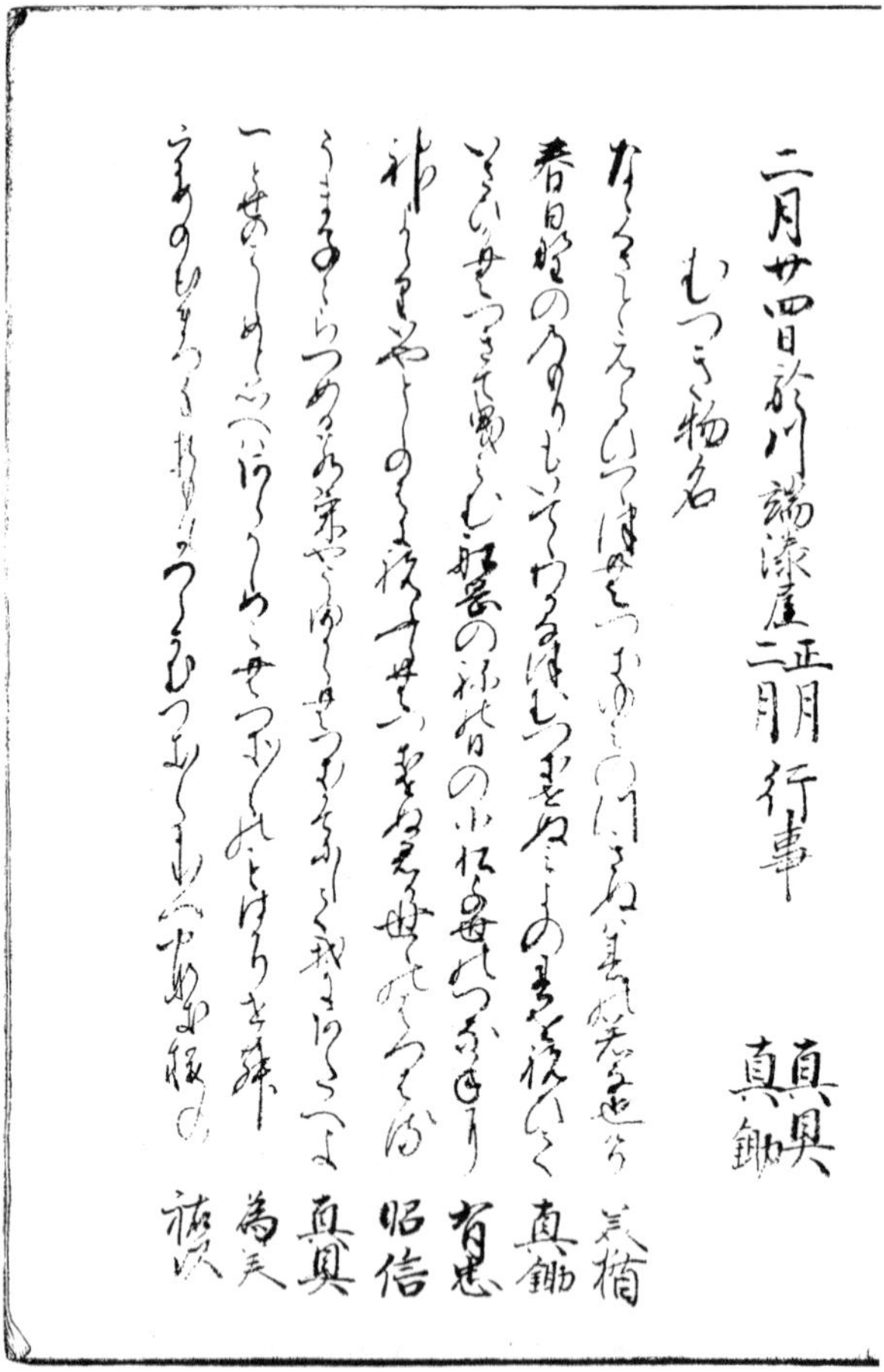

図 10　『弘化五年審神舎中月並兼題当座認』一丁表

月日	興行	行事	参座者
二月二十四日	正月二月両会 於・川端湊屋	上田真具 高田真鋤	美楯・有忠・昭信・為美・祐以・祥運・真中
三月六日	三月会 於・嵐山松栄亭	簑内為美	美楯・祥運・真具・真鋤・有忠・昭信・真中
翌七日			真具・昭信・真中
四月十六日	四月五月両会 於・東山霊山汶阿弥	今堀真中 谷田昭信	美楯・真具・祥運・真鋤・有忠・義一・為美・建之
嘉永紀元 四月二十九日	年賀 六十初度 福田氏 於・輻湊亭		美楯・真具・真鋤・有忠・昭信・為美・真澄・石舟・秀雄・真中・信良・昭徳・建之・瓊音(千弘)・良章・春房・真㦨・亮賢・正光・幸子・広光・成裕・石根・文慎・宗珠・利恭・祥運・享寿・直方・義一・祐敬・祐以・雪江・證光・花子・寿章・忠行・円主・通義・元彦・宝義・宗孝・篤蔵・成昌・久道・永政・宗座・了流・好子
五月二十日	於・速馬観音臨宣亭		真鋤・祐以
嘉永元年戊申 五月勧進	越前福井住 竹内鈴尾祖母 松女満百歳賀詠		美楯・真鋤・昭信・為美・秀雄・真中・義一・宗珠・正光・成裕・真㦨・石根・忠行・広光・通義・千弘・幸子・寿章・花子・文慎・祐敬・永政・久道・了泊・祐以
嘉永紀元 八朔夕 (八月一日)			美楯・真鋤・昭信・真中・磐舩・祐以・為美

八月二十一日			美楯・為美・祐以・昭信
八月十一《ママ》日夜			美楯・為美・祐以・真中・真懢
九月一日夕			美楯・為美・真中・祐以
八月二十七日	六月七月両会 於・叢宅	大堀有忠	美楯・祥運・瓊音・為美・真中・昭信・祐以・真鋤
十二月五日	八月〜十二月 五会 於・松清亭		美楯・祥運・真鋤・為美・真中・昭信・信良・有忠・建之・瓊音・春房・ 真澄・真佐比

興行、行事の空白箇所は同書無記載のものである。福田美楯は、六十二歳をもって嘉永三年五月三十日没であるから、嘉永元年四月二十九日の六十の賀は美楯の門弟知己の総結集に近い盛会なものであったろう。興行は五回で内訳は、正月二月両会（二月二十四日）、三月会（三月六日）、四月五月両会（四月十六日）、六月七月両会（八月二十七日）、八月九月十月十一月十二月五会（十二月五日）である。月並興行の他に、先述の福田美楯六十賀（嘉永元年四月二十九日）や速馬観音臨宣亭に真鋤・祐以の題詠八景（五月二十五日）、越前福井住竹内鈴尾祖母松女満百歳賀詠（嘉永元年五月勧進）、また（嘉永元年八朔夕）、（八月二十一日）、和文を中心とする（八月十一日夜）、長歌を中心とする（九月一日）などの会が催されている。六月七月両会の興行場所は「叢宅」とあるが、おそらく行事の大堀有忠宅のことであろう。

参座者を整理してあげると福田美楯が、やはりその首唱であるが、赤松祐以、富士谷祥運、今堀真中、高田真鋤、大堀有忠、進藤瓊音、水島永政らの名もみえる。

興行ごとに行事が違い、各々行事自筆で、北辺門人の筆跡を鑑るためにも本書の資料的価値は高い。弥富賓水『短冊物がたり』（磯部甲陽堂、大正七年一月十八日刊）にいう如く、近世歌人国学者の門流は、師の筆致を墨守せんとしたものが多く、師の短冊を置き、傍らに門人の短冊を並べると、その運筆酷以には実に一派一流の感がある。北辺富士谷成章を、その息子御杖が継ぎ、その門人福田美楯また運筆を継ぎ、その次男、赤松祐以も、これを受けて、それぞれ若干の個性を有するもよく門流の特徴をみせている。

三、審神舎中参座歌人小伝

福田美楯を中心とする、これら審神舎中の歌人たち総計五十一人について各々略伝をあげることによって、幕末期北辺門とその構成を窺うものとしたい。

掲載順人名（五十音順）

赤松祐以　岩橋元彦　今堀真中　上田真具　円光院宗珠　大島建之　大堀有忠　岡崎秀雄
岡本正光　北村成裕　河野真慍　近藤義一　近藤信良　佐野石根　進藤瓊音　高田真佐比
高田真鋤　竹内享寿　谷田昭信　藤堂良章　永野昭徳　中村真澄　長谷川文慎　服部直方
福田美楯　福田祐敬　富士谷祥運　水島永政　簑内為美　山田利恭

（以下姓・伝記不詳）
久道　広光　重矩　證光　春房　寿章　成昌　石舟（磐舩とも）　雪江　宗孝　宗座　円主　忠行
通義　篤蔵　宝義　亮賢　了泊　了流
（以下女流　姓・伝記不詳）
幸子　花子　好子

各々の伝記の後、資料・参考図書を（資料）としてあげた。

赤松祐以（文政八・八・二十八―明治四十四・四・二十五、八十七歳）

福田美楯の二男、通称熊次郎（熊二郎とも）、号は大学、京都高辻東洞院の町家に生る。十三歳で月並歌会席に列し、二十四歳で豊後府内藩御用達の赤松家の養子となる。明治五年九月に県令の召によって大分郡懸社柞原神社、兼郷社春日社宮司に補せられる。明治八年帰京の留守中、明治十年西南戦争に著述草稿蔵書を焼かれ、そのまま京にもどった。京都松原北稲荷町の旧宅で須賀室を再興し、明治三十六年暮冬に須賀室を門人宅に置き、自居を伏見町下板橋に移し閑雅の生活のなかに没した。文科大学の和学講師の推薦をうけたこともあるが固辞したという。著書には『国書総目録』に、『北辺語法脚結頭挿咩耶須校』『北辺語法脚結立居図校』、『神徳称讃』がみえており、他に『古事記神名帳』『三具證歌』などがあり、また文法関係のものが多くあったという。なお赤松祐以遺詠集『葛絃風響』には、彼の小伝、肖像写真と、短歌、長歌、文章が集められ、集中「新聞紙」「男女同権」などの開化短歌もあり、詠風は旧派のものであるが、北辺末流としてみるに興味深いものがある。

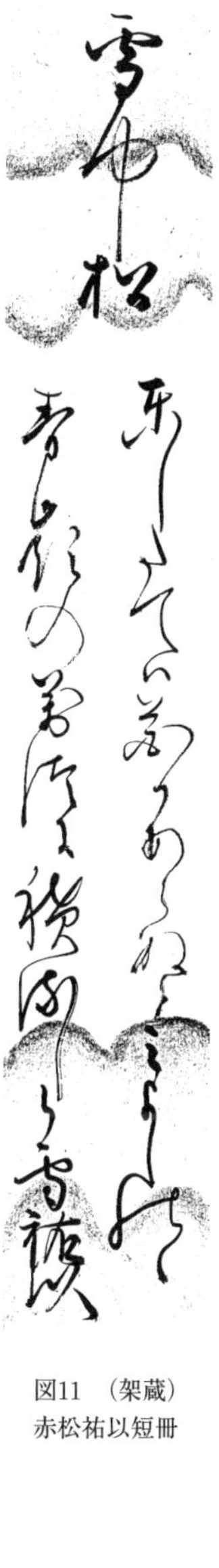

図11　（架蔵）
赤松祐以短冊

（資料）『平安人物志』慶応三年板・『千船集三編作者姓名録』・『笹並集』明治十三年板・『平安人物志短冊集影』・『国書総目録』・『葛絃風響』大正元年十月十二日刊

岩橋元彦（寛政十一―安政二・三・二十三、五十六歳）

春原元彦ともいい、幡多室と号し、岩橋近江と称した。新烏丸荒神口に住した。富士谷御杖門人で、書は「御杖大人流」と称される程に、師の運筆を学んでいる。和歌に巧みで著述が多く「有刻」というが『国書総目録』には『あゆひ鈔手鑑』写本二冊を載せるのみである。竹岡正夫『富士谷成章全集』研究編に解題する〔D〕精撰本　北辺成章家集　東京教育大学蔵　の白紙包紙の墨書「北辺家集　草稿本」の左方「御杖　比礼男《ママ》　基広　元彦　季鷹　菊阿　美楯　真金」とあるのは、岩橋元彦のことであろう。因に同書は開板出願本か、表紙に「文政元寅十月三日願上　同十一月八日西御免　天王寺屋市郎兵衛」とある。

（資料）『平安人物志』天保九年板・『皇都書画人名録』弘化四年冬序刊・『平安人物志短冊集影』・『国書

総目録』

今堀真中（寛政三―明治六・五・二十九、八十二歳）

文雅僧で真中は法号、京都建仁寺の住僧、福田美楯門人で歌詠をよくした。伏見人といい、通称一二、向月楼、黙痴と号し俳諧にも巧みであった。小笹喜三『平安人物志短冊集影』釈文・略伝によると「文久二年七十一歳云々」の書入れ真中遺稿があるというが未見。

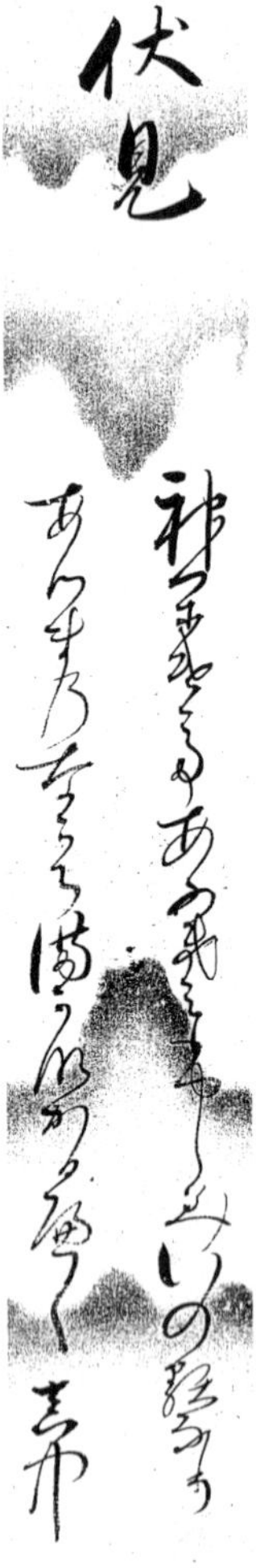

図12（架蔵）
今堀真中短冊

（資料）『平安人物志』嘉永五年板・『類題和歌清渚集』安政五年板・『国学人物志』安政六年跋刊・『鴨河次郎集姓名録』・『平安人物志短冊集影』・『国書総目録』・『真中遺稿』

上田真具

通称要助、生没年不詳。弘化三年刊『詞多図記』の著述がある。『国書総目録』の『仮名つかい』は同一のもののようである。同書は既に建部一男「詞乃多図記について」（『立命館文学』第三七九・三八〇・三八一号、立命館大学人文学会、昭和五十六年三月二十五日刊）（『近世日本文法研究史論』双文社、昭和六十一年三月十日刊）の紹介論攷がある。北辺門文法研究の一末書として注目されるものである。

（資料）『国書総目録』

円光院宗珠

綾小路新町、神明社僧で生没年不詳。

大島建之

高辻稲荷町東入に住、福田美楯門人、通称は伊助、生没年不詳。

大堀有忠

京都柳馬場御池南に住み、通称宇兵衛（卯兵衛とも）、生没年不詳。福田美楯門人で北辺の著述類を盛んに書写し蔵していたらしく、天保十四年十月二日には美楯のつくった北辺家学の秘伝書『故北辺家遺伝』の抄出目録を美楯から受け、弘化三年四月には同書の完備一巻をやはり美楯から受けており、熱心な門人であったらしい。有忠の書写本を次にあげる。『北辺三十番歌合』『先師七回忌門人追悼之歌』『基広独唫』『富士谷門人点取和歌抜萃』『菊輔自詠百首并ニ長歌』以上「嘉永六年癸丑中夏写大堀蔵」とあり、『神典七神三段奥筥』「嘉永元年戊申霜降月書写之　大堀所蔵」とあり、『北辺家月次和歌』（文久二年写・京大蔵）、『北辺御杖大人家集』（京大蔵）、『神道大意』『伊勢両大神宮辨』（合本一冊、河野省三氏蔵）。

（資料）『富士谷御杖集』二巻・三巻、竹岡正夫『富士谷成章全集』

岡崎秀雄（文化十三―文久二・一・二　四十七歳）

西京寺戸村の人。通称次左衛門、治左衛門（治郎左衛門）、号を茂々菴と称し、和歌をよくした。書は上代様という。
（資料）『皇都書画人名録』弘化四年冬序刊・『国学人物志』安政六年跋刊・『鰒玉集作者姓名録』弘化二年板・向日市文化資料館編『特別展示図録向日里人物志―幕末京郊の文化サロン―』（平成五年十月二日刊）

岡本正光
通称は新助、生没年不詳。

北村成裕
伝記、生没年不詳。

河野真慍
伝記、生没年不詳。

近藤義一
東寺侍人、生没年不詳。

近藤信良
京都松原に住、生没年不詳。

佐野石根
伏見の人、生没年不詳。

進藤瓊音（文化十三―明治十一・七・二十八、六十二歳）

代々、青蓮院宮に仕え、姓は藤原、粟田口に住む、父は進藤為純で頗る著述が多い。千尋、千比呂、千弘とも称し、名は為周、加賀守を任ぜられ、没後知恩院に葬られた。『出雲国名所歌集初編』や弘化四年如月五日西行六百五十遠忌に、その歌詠がみえ、『国書総目録』には『進藤千尋陵墓雑稿』二冊がみえている。また『北辺一日千首』一冊（三宅清氏蔵本・天理図書館蔵本）には、「青蓮院宮諸大夫正五位下加賀守進藤氏」の跋文が添えられている。

図13　（架蔵）
進藤瓊音（千尋署名）
短冊

（資料）『平安人物志』嘉永五年板・『国学人物志』安政六年跋刊・『皇都書画人名録』弘化四年冬序刊・三宅清『新編 富士谷御杖全集』・『平安人物志短冊集影』・森繁夫『人物百談』・『国書総目録』

高田真左比

京都万寿寺高倉西に住、伝記、生没年不詳。

高田真鋤《ますき》（安政五・九・七没）

通称は荘兵衛、生年不詳。

『真中遺稿』十四丁裏に次の記事がみえる。

安政五年九月七日に高田真鋤の身まかられしを　　　真中
末ひさにかたらふ友とおもひきや
この世を秋の露と消にき

（資料）『類題和歌清渚集』安政五年板・『国学人物志』安政六年跋刊

谷田秋延《あきのぶ》

はじめ秋延とし、後に改め昭信とする、通称次郎右衛門、姓は菅原、谷田菊阿の子。谷田菊阿、秋延と二代にわたって北辺に学び、菊阿には「文政十二年六月」福田美楯と古語、特に万葉集中の語について問答した『古語問答』二冊や御杖著『土佐日記燈』文政十年に序註をつけた天保十四年写本がある。

（資料）〔秋延〕『国学人物志』安政六年跋刊・〔菊阿〕『鰒玉集作者姓名録』天保十二年板・『弘文荘待賈古書目録』第十号（昭和十二年十月八日刊）・『沖森書店書目』（百九十七号、昭和四十三年九月刊）

永野昭徳

伝記、生没年不詳。

中村真澄

京都壬生に、弘化の頃は六角新町に住む、生没年不詳。

服部直方

商賈越後屋、京都松原室町住、生没年不詳。

福田美楯《みたて》（天明八―嘉永三・五・三十（二十九とも）六十二歳）

通称吉野屋佐兵衛（左兵衛とも）、名は俊久、字は祐猷、美楯、実楯とも、また幸舎と号した。家業は高辻東洞院に漆器家具を商う。御杖没後の須賀室を継承し、頗る盛んであって、北辺の主流となったが、五十嵐篤好は美楯を厳しく攻撃している。著述はきわめて多く、『国書総目録』だけで『装抄』や『奉讃正信念仏偈歌』弘化四年板など八種をあげ、歌集や長歌集もあり（『弘文荘待賈古書目録』第十号）、国文学研究資料館には『福田美楯　詠草集』として自筆稿本二十三冊が存し、三十九歳より六十二歳没年までの二十三年間の詠草のほとんどを伝えており、歌詠に熱心であったことが察せられる。また、中尾松泉堂『古典目録』（昭和五十四年十二月刊）に、福田美楯の自筆稿本、手択書入本等八十四冊の一括（現在、柿谷雄三氏蔵）がみえて、美楯の著述の精力的なことに驚かされる。一括のなかに、『審神社《ママ》万葉記聞』があり、他の書籍にも審神舎に関わるものがあるかと思われ貴重である。

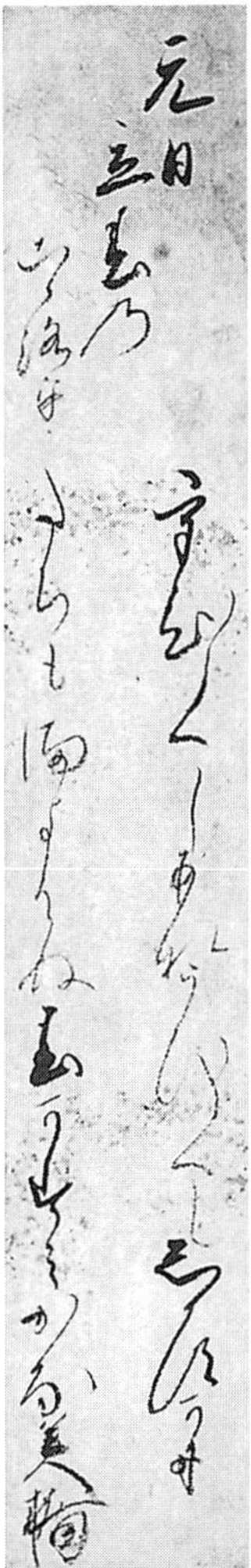

図14（架蔵）
福田美楯短冊

（資料）『平安人物志』文政十三年板・天保九年板・『近世名所歌集作者姓名録』嘉永四年板・『鰒玉

集作者姓名録』天保十二年板・『先哲和歌鑒定便覧』嘉永七年板・『本朝古今新増書画便覧』文久二年板・『平安人物志短冊集影』・『弘文荘待賈古書目録』第十号・『国書総目録』・『葛絃風響』（『審神社万葉記聞』については柿谷雄三氏の御教示、篤く御礼申しあげる）

福田祐敬

福田美楯の子で赤松祐以の兄弟、生没年不詳。

富士谷祥運（文政二・一・一―明治二十三、七十一歳）

北辺富士谷家第十代、はじめ千之助、十七歳で藩命によって成功の嗣子となり、成文と改名し、千太郎を称す。二十五歳で家を継ぐ、小六兵衛と改め、また祥運と称し、鹿連《かつら》、元広と名を改めている。中立売西洞院角に住し、代々の通称千右衛門をも称していたらしい。著述は『国書総目録』には『投壺礼肆儀』一冊があがっている。竹岡正夫『富士谷成章全集』によると『脚結抄師説』五冊（京大蔵）は、成文自らの説を根定として、その上に美楯その他、御杖門人らの説を集大成したもので、『奥呂九ヶ条伝』も成文の筆であるという。

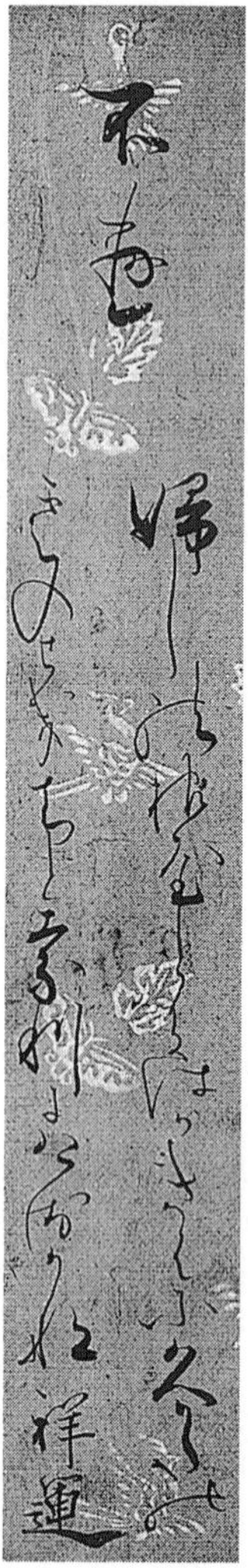

図15　（架蔵）
富士谷祥運短冊

（資料）『皇都書画人名録』弘化四年冬序刊・竹岡正夫『富士谷成章全集』・『国書総目録』

水島永政（寛政五―？）

姓は平、次輔または治平と称した、黒門下立売に住した。楽人で笛を巧みにしたが、傍に陵墓研究に勤しんだ。天保六年の鐸舎社中奉納歌集に、『鴨川集』嘉永六年にもその名がみえる。津久井清影の『陵墓一隅抄』には永政と共に嘉永年中に実地踏査に及んだことがみえ、安政元年には三条実萬主唱の山陵会にはやくより加わっている。嘉永六年京都因幡堂にて永政六十賀尚歯会が催され因幡堂義鎮・高畠式部等の名士参集があって雅楽を奏し盛会であったという。『国書総目録』には、『山陵考』天保十二年、『式社詣之記』天保十四年、『日向国可愛山山陵記』、『山城国式社考』嘉永元年、『陵墓考』の五種がみえ、『射和文庫蔵書目録』には『高千穂御陵考・山城五陵考』小田実満・水島永政著「嘉永壬子年夏六月朔　永政書」がみえている。没年不詳。

（資料）『平安人物志』嘉永五年板・『平安人物志短冊集影』・『射和文庫蔵書目録』（同編集委員会編、昭和五十六年十一月一日刊）・『国書総目録』

簑内為美《ためよし》

姓は源、通称幸次郎、名は為美、為善とも称し、洗心庵と号した。二条東洞院西、木屋町三条上ルに住し、薬種屋を営む。屋号は丸大、傍らに平曲を嗜み、世に知られた。生没年不詳。

（資料）『平安人物志』天保九年板・嘉永五年板

山田利恭

京都西洞院に住す、生没年不詳。

〔以下、姓名伝記、生没年不詳〕

久道　広光　重矩　證光　春房　春章　成昌　石舟（磐舩とも）　雪江（画人、同名異人多く不詳）

宗孝　宗座　円主　忠行　通義　篤蔵　宝義　亮賢　了泊　了流　幸子　花子　好子

以上『弘化五年審神舎中月並兼題当座認』の審神舎中門人五十一名のうち、姓名略伝等を知り得たのは半分程でしかなく力の及ばぬことではあるが、従来、北辺門は成章・御杖までの評価にとどまり、『国学者伝記集成』の如きは、本章でとりあげた人物は福田美楯しか集録されておらず、赤松祐以や水島永政にまでは至らなかったようである。『あゆひ抄』『かざし抄』には明治刷りのものも多く、須賀室社中蔵板として明治六年、十二年と『大祓燈』一冊が刊行されている。富士谷御杖没後も、北辺門は国語学、地下歌学に大きな力をもち、『平安人物志』にも多くの北辺門人を見出せる。彼らは旧派歌人として文人的要素を失なわぬままに明治文明開化のなかで、所謂、開化短歌を詠じつつも、北辺末流の著述研究に勤しみ少なからぬものを残したことを思えば、北辺末流の研究はまだまだ手つかずであり、審神舎中の人々を各々紹介することも無意味とはいえまい。

第六章　北辺門末流　上野正聡について

先章に、富士谷成章、御杖の学統を継ぐ末流の人々と、その月並歌会についての管見を「北辺門人と審神舎中月並歌会」としてまとめた。そのなかで、北辺最後の人として小西大東氏と共に、上野正聡氏をあげたが、京都の古書肆竹苞楼より、『山科言継卿歌集』一冊を入手、同書が上野正聡謹書の本であったので、章を改めて、上野正聡について述べてみたい。

松尾捨次郎氏によると、昭和四年に学界待望の『装抄』が、世に現われたが、これは上野正聡所蔵の書籍で、正聡がさらに転写した本を金田一教授が入手したものであったという。当時、上野正聡は、極めて不遇の晩年で、京都伏見西大文字町の心光寺内に居住し、御杖関係の書籍の筆写をしては生活の料としていたといい、昭和九年頃には住所も不明になって、御杖の著述等の蔵本所在も不明となったという（松尾捨次郎校註『かざし抄』昭和九年七月二十日刊）。

学統は、福田美楯の二男の赤松祐以と長男の福田祐満に学んだというから、須賀室社中の一人であろうか。

『山科言継卿歌集』は大本一冊（全十四丁墨付十二丁）で本文一丁表に「山科家御秘蔵歌集／後小松天皇臣正二位大納言藤原言継卿　詠述／遠流正二位伯爵藤原言縄卿　秘蔵／謹写　上野正聡」とみえている。本文十一丁に百九十九首が浄稿されており、巻頭はしふみによって、大正四年霜月末つかたの書写のことが判明する。「はしふみ」によると、正二位伯爵山科言縄卿（八十歳）とは並々ならぬ交際があって秘蔵の同歌集を写すことができ、東の友なる佐佐木信綱に、そのことを伝えたところ、信綱にも書写本を求められたので、一部贈ったのを非常に喜び、東京帝国大学に収めたという。『国書総目録』に所載の「山科言継歌集《やましなときつぐかしゅう》一冊㊕歌集㊟山科言継㊢東大史料」の一本が、その本にあたるのであろうか。

北辺門の末流は、世に不遇な者が多く、『国学者伝記集成』には成章、御杖、美楯の所載しか見当らない。松尾捨治郎氏校註『かざし抄』の所載写真『装抄』と同筆の上野正聡の謹書には、無名のままに埋もれた篤学の歌人の姿が彷彿とよみあがってくるかのようである。上野正聡は生没年も明らかにすることができない。

第七章　幕末期北辺門の動向

一、はじめに

北辺門の人々が、和歌と四具（文法研究）の双方を重んじ、月並歌会と並行して四具（文法）研究をしてきたことなど先の「北辺門人と審神舎中月並歌会」などのなかで触れてきた。また、富士谷御杖は父の歌学を発展させたが、その御杖の歌学における神秘性をより強めた形式でのみ福田美楯が、次第に北辺門のなかで他の門人たちと拮抗抗争を繰り返しつつも、いつしか北辺門の中心人物となったことで、北辺門の歌学と文法学が、伝授さえ伴う家学に変貌し、美楯が独占しようとしていった経緯なども「福田美楯について」のなかで述べてきた。

本章では、北辺門の末流の赤松祐以の門人である大八木万左式写本一冊により御杖から美楯、祐以に至る北辺門の活動を拾い、併せて北辺門の有力、並河基広の歌集「基広独唫」をも、同一点に写されているので紹介することとしたい。本章で用いる資料は、国民精神文化研究所編発行の『富士谷御杖集』第三巻に所収の「北辺三十番歌合」の底本となった一冊で（現在、著者蔵本）、『富士谷御杖集』の解説を次に引用する。

北辺三十番歌合　写本一冊

歌合の判詞は番へられた作品に就いての批評であるが、批評は判者の文学論を根柢に持つ點で判者の歌論の一形式と言ふ事ができる。御杖によれば、歌合は歌道の為には害を及ぼせるもので、中世以来歌合の盛となるに及んで判者に難ぜられない歌を作らうと言ふ所から歌道の主意を離れ「独鈷鎌首」の歌が多くなった。御杖は此の如く歌合を第一義的なものとしないのであり、歌合は御杖に於いては軽いものとせられるのであるが、組織的な歌論に対しこの北辺三十番歌合は個々の作品に対する御杖の批評を窺ふべき興味深い資料である。

此歌合は文化十四年丁丑仲冬に成つたもので、「落葉」「冬月」「述懐」の各十番づつに御杖が判詞を加へたものである。作者は真楫、御杖、つぐ女、重威、菊輔、ふる女、人古、美弦、友助、真坂、浄昌、幸丸、幹貞、蛙子、せい女、判高、宣也、弘化、秀邦で、菊輔のみ六首他は三首づつである。

此歌合に於ける御杖の判詞は主に趣向や詞づくりに対する批評であり、述懐の六番の日吉《ヒエ》すみのえの論の如きは中世以来の伝統的な型に属するものであるが、判詞の調子が御杖の人生主義的な色彩を有する事が一の特色と言ふべきであらう。

本書の伝本は流布が少い。本集に収めたものは東儀正氏蔵本を底本とし、京都帝国大学蔵の写本により校合せるものである。

東儀氏蔵本は歌合の本文墨付十六枚。歌合の次に「先師七回忌門人追悼之歌」(御杖の歿後その七回忌に門人等が集つて詠んだ追悼歌及当座の探題の歌)「基広独唫」(御杖の門人並河基広の詠草)「富

士谷門人点取和歌抜萃」「菊輔自詠百首并ニ長歌」を合綴せるもので

嘉永六年

癸丑中夏写　大堀蔵

と言ふ奥書を有する本を明治三十一年戊戌六月に大八木万左式（赤松祐以の門人）が書写せるものである。

京都帝国大学蔵本は一面八行の罫紙を用ゐ、歌合の本文墨附十三枚。歌合の次に東儀氏蔵本と同様のものが合綴せられてあるが、此本には「基広独唫」は無く、菊輔自詠もその一部分の抄録で全備しないものである。書写の年代は明らかでない。

本集の本行に立てたのが東儀氏蔵本の本文であり、括弧を施せるものが京都帝国大学蔵本の本文である。

よって、『富士谷御杖集』（解二三頁）に載る。

「＊北辺三十番歌合　写一　東儀正氏蔵本」にあたるもので、右解説にいう「先師七回忌門人追悼之歌」「基広独唫」「富士谷門人点取和歌抜萃」「菊輔自詠百首并ニ長歌」のうち、本章では「先師七回忌門人追悼之歌」と「基広独唫」の二つを全文翻刻し、幕末期北辺門の動向について述べていくこととする。

二、「先師七回忌門人追悼之歌」

富士谷御杖の門人は、志田延義「富士谷御杖小伝」[4]によると

御杖の学統を承けた人としては、榎並隆璉・並河基広・福田美楯を先づ挙ぐべきである。隆璉に関しては『富士谷御杖大人家集』等に交渉の様子が見え、『神楽催馬楽燈』にはその説をわが友として援用してゐる。福田美楯は『名人忌辰録』等には御杖と父子の関係にあるやうに記してゐるが、誤であつて、『装抄』に「門人福田美楯筆受」とあり、美楯の門人赤松祐以を承けられた小西大東氏は、御杖の菅室を上中下に分ち、隆璉、基広、美楯が夫々に之を継いだのであつて、美楯の家は塗師屋であつたと云はれた。御杖との交渉・入門は比較的遅く生じたやうだが、御杖晩年の不遇に庇護者として力を致した人に、越中の五十嵐篤好がある。

とある。そのうち、美楯と基広との交流関係は比較的温和なものであったようだが、美楯と五十嵐篤好との関係は非常に険悪なもので、

篤好は「苟も師翁の志に違ふ者は何人と雖も仮借する所はなかつた。同門福田美楯などを屢攻撃したのは、己が説を御杖大人の説の如く装ひたる態度に慊なかつたからで、又安政二年十月亡師子息の名を以て、追年懐旧の題詠をあまねく募つたのを聞き、大に慨を発し、直に書を富士谷家へ送りて題詠の亡師の志にあらざる事をのべ、かつ当時の学界を痛論して、迷はず父大人の学を紹ぐべきを勧めた。」此の書は「富士谷大人三十三回忌に今のあるじに奉りし文」であらう[5]。

といった様であった。

「先師七回忌門人追悼之歌」には、谷田秋延・菊阿と二代続けて北辺門に学んだ（もとは小沢芦庵に

も学んでいたが）北辺門では歌学を家学として学んでおり、『土佐日記燈』の成立には大きく関った重鎮の谷田菊阿が、その冒頭に据えられているが、運営の中心にあたっていたのが福田美楯であることは明らかで、他には御杖の有力な門人は見当らない。

列座の門人たちを、その座順にあげると、次の如くである。榎並隆璉は天保十五年五月二十五日没なので、まだ生存中であるのに、参座していないし、並河基広も天保十二年十一月没のために生存中のはずであるが、この文政十二年の追悼歌会には参座していない。つまり、御杖の菅室を三つに分けたうちの一つ（美楯の菅室）での歌会であったのか。

・菊阿（谷田氏、菅原入道菊阿、谷田昭信〔秋延とも〕とは父子の間柄）
・直方（越後屋六郎衛門、松原室町東へ入、服部氏、藤原姓）
・美楯（福田氏、吉野屋、高辻東洞院東へ入、藤原姓）
・清定（釜屋八兵衛、高辻高倉西入、橘姓）
・良章（綾小路烏丸東入、東堂《ママ》、他資料では藤堂としてあがっている、中原氏）
・建之（高辻稲荷丁東入、仲姓、大島氏）
・真具（上田氏、源姓、通称要助）
・芳広（源姓）
・瑲々（源姓）
・当永（藤原姓）

・真金　（藤原姓）
・春房　（藤原姓）
以上十二名で、追悼歌・探題歌の一首ずつ、合計二十四首が寄せられている。次にあげる。

先師七回忌門人追悼之歌
文政六年未十二月十六日富士谷仙右衛門事御杖宗匠遷化
逢仙院行誉練光紹因居士　七回忌取越予修
文政十二年丑十月朔日於下河原梅尾茶店に集合
則宗匠之短尺懸床記之門人拈香料
ある人の家にて箏ひきける夜　御杖
ひとしれすおもふ琴柱に膠してあはぬしらへもよしや世中
依云右日寄琴懐旧の和歌を詠懐紙書
菅原入道菊阿
かよひける琴のしらへを有し世にひきかへてなく峯の松風
松原室町東へ入越後や六郎衛門事
藤原直方
君ひかすしらへを今もしぬふかなくちにし舟のみことのことに
高辻東洞院東入よしのや佐兵衛事
藤原美楯

いかさまにするゝきなして木たくみの闘鶏の御田伊か殿のはへし雄略記十二年冬十月癸酉
高辻高倉西入釜や八兵衛事
橘　清定
こえはこえきらはきれむとかたひてしもろこし人の心しりきや
綾小路烏丸東入東堂
中原良章
おもひ出て玉琴の緒をかそふれはなかはひとゝせすくるけふかも
高辻稲荷丁東入
沖　建之
世にまさはととをまるみつの琴のをのうまししらへもきかまし物を
源　芳広
松風につれて聞ゆる琴のねにありししらへの昔をそ思ふ
源　真具
しき島の道ゆきふりにかきなしゝ手なれの琴のしらへしおもほゆ
源　瑲々
山となり海となりけむから人のうましにえにししらへしのはゆ
藤原当永向也
しらふへき緒をつけてしか琴のねをきゝわかれにし来む歌しへ
藤原真金

もみち葉のすきにし後は玉琴のねもいたつらにきゝつへしやは
藤原春房
しはしとてなほなくさめむいにしへのしらへにかよふ琴のねもかな

当座歌将詠探題

初冬
菊阿
冬たちてゆひめもとけつたるすかきまとひし蔦はてり残れとも

山時雨
真具
きえまなく木こりの斧の音するはふもとはかりにふる時雨かも

朝落葉
当永
朝な〳〵みむとおもひしもみち葉をあなあやにくにあらす嵐や

寒芦
清貞
あからひく朝け夕けにおく霜にをれふす芦のかすさへそなき
（明也）（占也　仍云夕けは日歌に不叶菊云二の句あしたゆふへに

冬山里
建之
冬かまへせぬ里あれや山深み峯のひと木の松かせの声

千鳥
春房
すま人の朝な夕なに耳なれしこゑとしもなく鳴ちとりかな

冬月
あし引の山路もわかす落葉して梢さひしくすめる月かな　真金

庭霜
わきもこか垣ねにかれし草葉すら花さきかほにおける初霜　瑲々

遠村雪
たちのほる煙はかりはあらはれて雪にうつめるをちの山里　芳広

湖氷
神わたす日ゆかくなへてすはの海馬ひくますら氷ふみゆく　直方

丈夫《マスラヲ》マスラト斗にては語をなさす
四句菊云
ますらをもうまも

古寺鐘
世にもみち今か散らんかつらをや豊楽の寺の入相のかね　良章

冬夢
夜た丶なくかもの川への村ちとりむかしに似たる夢ねさましそ　美楯

これによって、文政十二年の北辺門の動向の一斑が窺えるが、門人らでこれまで伝記の知られなかった人と、福田美楯・谷田菊阿と交流の深いグループの存在がはっきり見えてくる。美楯自身がそうであったように越後屋六郎衛門（直方）も釜屋八兵衛（清定）も洛中の富裕な町人であったのであろう。

富士谷御杖は和歌の題詠という形式を必ずしも尊んではおらず、(6)

時来り感ずればおぼえずよまる ゝ 物にて、歌ほど無造作なるもの候はず

と『歌道非唯抄』のなかで言いきり、和歌を詠むということは、古くから自分の心の思うさまを詠むものではなかったとしている。すなわち、人が自らの慰め難い心情をそのまま「情」として直接的に「言行」に出すと、「身」を顕すこととなってしまい、これは決して良いことではなく、むしろ「時宜」を破り、「禍」となってしまう。そこで、和歌を詠むことによって「一向心」を慰め、「時宜」を全うすることができ、「禍」を「福」にすることができるという。そのためには「修行」と「稽古」が必要であり、それらによる体得・感応によって得られた充足状態中に迎えた「時」に、あふれるように出るものが和歌であると『歌道非唯抄』のなかで御杖は述べている。

また、御杖は他にも、次のように述べており、(7)

世上にはたゞやすらかにすら〳〵とよむうちより、力ある歌は自然と出来る也と教へらる ゝ 人も聞え候。初心の人これを聞きてこれを志にたて候ゆゑ、修行稽古のあるべきこと ゝ もしらず、題をとりては作例の書物どもをひきひろげ、そこ ゝ を拾ひとりて歌とし、すこし数をよみなりても猶このくせうせず。かやうに多くよむうちには自然とよきうたも出来べしと、あてもなき事をまち候事

こうした北辺門の中心的歌論が、幕末期に大流行した『類題鴨河集』『類題鰒玉集』『類題千船集』など類題集上梓のなかへ北辺門の人々を積極的には参加させなかったことになったり、洛中洛外および

大坂・北陸に多くの門人を擁しながら、門人らの社中歌集を上梓することが計画的・企画的には成立しなかったこととなったのであろう。

そうしたなかで、皮肉にも、北辺門の歌道を短的に理解してしまうならば、和歌を詠むための歌人の内的な人格的確立をめざすともとれるため、心学の道の教えや真宗の教義に深く帰依している洛中洛外の富裕な階層の町衆の壇那には、北辺門の歌学は魅力ある教義を備えたものであったといえよう。そうしたなかで、この「先師七回忌門人追悼之歌」は成立したといえよう。福田美楯よりも、谷田菊阿の方が年長であり、各々の歌人からも重んじられたことかと思われるし、「四句菊云」といった注が施されていることも原本の姿を伝えて興味深い。

三、「基広独唫」

「独唫」の「唫」は「吟」に同じ意である。並河基広は、富士谷御杖門下のなかでは最も秀でた人の一人で刊本の『歌道非唯抄』（寛政四年序跋）の門人筆授四名のなかの筆頭にあがっており、『国書総目録』[8]をみても稿本等が処々に残されている。『国学者伝記集成』[9]に載るところの伝記をあげると、

並河基広

生二四五〇、光格、寛政二年

歿二五〇一、仁孝、天保一二年一一、二（ママ）

年五二

青蓮院ノ宮ノ御内人ナリ、通称式部、御杖ノ門ニ入リテ修学シ、其風ノ奥旨ヲ得テ教示ス。

また、『和学者総覧』[10]には

7533 並河基広《ナミカワモトヒロ》　姓平　称式部・織部　号樟屋
　京都　天保12・11・3(ママ)
　富士谷御杖　粟田青蓮院宮人

と載せられていることと、並河基広に男子がいて

7532 並河広胖《ナミカワヒロナオ》　号松生常樹　京都
　並河基広男、『京都名家墳墓録』(379)

と載せられている。粟田口の青蓮院と北辺門とは関りが深く、他には進藤千尋など有力な北辺門人が多く、青蓮院には坊官などとして仕えていた。よって短冊には青蓮院流の見事な染筆をみかけることができるのである。これまでに並河基広のまとまった詠草の翻刻紹介はないようである。次に、その全文をあげる。

基広独唫

春1　すさましききのふの木々の雪さへに春たつけふはあたゝかけなる
2　梅かさしわか菜つまむと中々に春はのとけきひと日たになし
3　処女子かつみしすゝなをふりすゝくしつくにぬるむ野への沢水
4　鴬も目やあはさらんわか宿のうめよりしらむ春のあけほの

5 うくひすのはつねはかりはさかにくき世にくからぬ物にそ有ける
6 鴬もむせふはかりの声すなりこほれあひたる梅のかほりに
7 山つみの神の為にとさほ姫のかすみの衣たちぬふらしも
8 薄雲に雪けそみゆる春のよの月のかつらやをりたかへたる
9 打なひく柳さくらは皆人のこゝろの駒のほたし也けり
10 百千鳥糸よりかけてひともとに春をふさぬる青柳のかけ
11 春霞かすみこめたる春の月こやうすものにつゝむ白たま
12 人こゝろ何によりてか糸ゆふにひかれて春は野に遊ふらん
13 桜色に棚引霞なかりせはさかぬまなにゝなくさめてまし
14 つれ〳〵と雨篭りするうたゝ寝は春の野山そ夢にみえける
15 おもひあかる雲雀はとまれかくもあれ春野の雉子人にしらるな
54 見るかうちに峰なす雲のくつをれて雨になり行夕たちのそら
55 夕立の雫もゆらに梢ふくかせにうち散る蝉のもろ声

秋

56 閨の外に秋をもよほす荻の風つひに扇の仇となりなん
57 さなきたにきゆへき露を秋風のこゝろみしかくちらしつる哉
58 ひとゝせにたゝ一夜あふ棚機もおもへはなかき契なりけり
59 みそきしてかへる川への夕へよりおもひし事よ秋のはつ風

60 わか宿の蓬か杣に秋たちてあはれことしもなかは過ぬる
61 こほれおつる露に息つく虫のねは草よりさきにかれんとすらん
62 夏草にかくれし鹿の音にそなくなれさへ秋は物おもふらし
63 あけ蔀《シトミ》 南おもてにおしあけて月をしみれは夜そ更にける
64 故郷は蓬か露をあかしにて宿かる月にまかせさる哉
65 もみち葉の下行水もこかるれはたつ川霧や煙なるらん
66 そめにそめ梢そみゆる村しくれ雲もかたへの岡のへの里
67 はしもみち霧の絶まにかつそめてむら濃にみゆる山姫の袖
68 月かけにもみちています龍田山夜の錦《と》をたれかいひけむ
69 長月につみのこされし垣もとの一もと菊はあるかひもなし

冬

70 をきふしにむつかしけなるやれ衾つゝれさしあへす冬立にけり
71 紅葉ちる片山はやし風をいたみ木かくれかねて月そいさよふ
72 下漬の色を残して紅葉ちる岡の山梔子軒の阿倍田地
73 村しくれふるやのひさし木柴もて風のふけはかもらぬ成らし
74 網代人霜の小《サ》莚散かふる立居にさわくむらちとりかな
75 露はそめ風はちらしゝ秋の葉のむなしき枝にふる時雨哉
76 あつ衾かさぬる身さへ寒きよにつかはぬ鴛の小夜更て鳴

77　あすは又雪とやならん雨交り嵐ふきまく山もとのさと
78　白栲に雪ふりつみてわか宿の煤せし窓のはつかしけなる
79　鷹人の御狩にいそく行ふりに枯生のすゝめおとろかしつゝ
80　峰こゆる浪とみるまてふる雪にことしも末の松の寒けき

恋

81　みちのくのいはてしのふは里の名とたゝよそにのみ聞てし物を
82　われなから影うとましき面痩を鏡の外にしる人もなし
83　一日たに千とせのことく立侘て歎きしものを年のへにける
84　門守はうちぬるひまもある物をうたて目さとき翁麿かな
85　ねきかくるはつせの山の九折むかしは遠くおもはさりしを
86　軒はかりせまき衾をまひろしと思ひし頃の心しりきや
87　ひまもなく心の駒はかよへとも遠きは恋の道にそ有ける
88　ます鏡やしろにかけて白髪のすちをみむとはいのらさりしを
89　花すゝき靡くとすれと風をいたみ露まろひあひてぬる隙もなし
90　人しれす思ひためてしぬさ袋ひもときそむるあふ坂のやま
91　鞍置し妹か手鈴の音をさへわすれかねつゝ駒なつむなり

旅

92　古郷の夢のみむすふ夜頃へて草の枕もふしなれにけり
93　幣袋とり出し日に吾妹子かいひしことのは今も忘れす

名所
94 行て見むとをつあふみは遠くともふりし昔のまゝの継橋
95 夢にたに見まくほしきは駿河路にあるちふ冨士の高ね也けり

述懐
96 鳴子引いとま〳〵の糸車くるしき業をしる人そしる
97 戝か汲田井の雫の薄濁これもひさこにあはぬ物かは
98 淋しさを世のうきことにくらふれは山は中々住よかりけり
99 あつまちにありとはきけとはゝ木々の有かなきかをしる人そしる
100 世にいてしよにしられしの山住もさすかに門の橋は有けり
101 よにうとき鹿もましらも面なれて山のおくにも友は有けり

神祇
102 言の葉の御祖の神は真鳥すむうなての杜に今もましけり
103 しき浪のよる〳〵月のみませとや伊勢の宮ゐはつくり初けん

祝
104 君か代のすゑを思へはかきりある鶴の齢そみしかかりける

四、むすび

大八木万左式（真狭ともかく）の写本より「先師七回忌門人追悼之歌」「基広独唫」の二点を紹介しつつ、北辺門の歌論と歌集、和歌と追悼歌、題詠についてを述べたが、実は北辺が四具と名付けて和歌会の運営との両輪として最も重んじたのは文法研究であった。ここでは、和歌を紹介したが、大八木万左式や、周辺の北辺の門人たちが異常なまでの熱意をこめて転写に転写を重ねながら、学問学派の充実と拡大に務めた姿そのものの実体の一つが本章で紹介したこの一本なのであるということを強調しておきたく思う。つまり、明治期の北辺門の師匠赤松祐以の門人大八木万左式にしてみれば、歌集を転写することも、四具（文法）研究の本を転写するのも同じ重さをもっていたのであろうと思われる。本章では、他の大八木万左式が転写した本や同門の梅村三内の写本類を紹介はできなかったが、膨大な分量の北辺門末流の人々の熱意そのものの如き四具研究の末書があり、それらの考証研究は別稿に譲ることとしたい。

『富士谷御杖集』の解説では触れられていないが、「嘉永六年　癸丑中夏写　大堀蔵」の「大堀」は、福田美楯から四具伝授を受けた大堀宇兵衛（有忠）かと思われる。

注

（1）拙著『京大坂の文人―幕末・明治―』（和泉書院、一九九一年七月）
（2）三宅清編『富士谷御杖集』第三巻（国民精神文化研究所、一九三八年三月）
（3）（2）に同じ。一八頁。
（4）（2）に同じ。第一巻（一九三六年二月）
（5）（4）に同じ。一一頁。
（6）拙稿「時来り感ずればおぼえずよまるゝ物にて、歌ほど無造作なるものは候はず。」（佐佐木幸綱編『短歌名言辞典』所収、東京書籍株式会社、一九九七年十月）

（7）（6）に同じ。二七四頁。
（8）岩波書店
（9）大川茂雄・南茂樹編『国学者伝記集成』第二巻（日本図書センター、一九八四年十月）
（10）国学院大学日本文化研究所編『和学者総覧』（汲古書院、一九九〇年三月）

第八章　『赤松大人　山城国名所歌枕』

富士谷成章にはじまる北辺門の最後を飾る学者が赤松祐以であるが、幕末から明治後期にかけての京都歌壇では、祐以は旧派の中心的存在の一人でもあった。

本章で紹介翻刻する『赤松大人　山城国名所歌枕』一冊は、その赤松祐以著書（自筆）の一点である。同書は旧派（北辺門）歌人の赤松祐以が近代化に対する意識と、旧派歌学によって形成された文学概念との相克葛藤に悩みながらものした、京都（西京）根生いの歌学者らしい著述である。

まず、注目されるのは、その跋文である。跋文には、「洛陽の隠士しるす」とあるが、表紙打付書に門人の大八木真狭（萬万式）の手蹟で「赤松大人　山城国名所歌枕」ともあり、著書は赤松祐以とみて、内容からも間違いのないものであろう。跋文の中に祐以はいう「昔をおもへば、法成寺、法住寺の美観、六勝寺の壮麗は名のみ残りて有けれ、所さへおぼ〳〵し」また「明治になりて、よの火にかゝりて、焼《やけうせ》失たるは天龍寺の佛殿、方丈、離宮の八幡宮……」「取毀ちて無くなりたるは清水寺の南谷の六坊、祇園の社務なる宝光院、東寺の執行……」「あとかたもなくなりたる、尚、いくらも有るべし、乱《みだるる》ばかり、うつつかはる世と見るに……」と社寺を中心とする旧幕時代の名所が、京都から消えていくことを嘆じ、「平安城のむかしをしのぶ同じどちの心なぐさむる哥枕ともならむか、と思ふもいとはかなきすさびにや」として筆を執ったという。

跋文中に台湾のことやカラフトの領土問題についても触れた部分があるので、年記不明ながら、明治後期の成立と思われるが、文政八年、京都高辻東洞院の漆器家具商の二男に生まれ、幕末の京都に育った祐以には、幼年少年の日々に馴れ親しんだものが、天災ではなく、時代の流れのなかに抗すべくもなく消え失せていったことは、惜別以外の何物でもなかったであろう。

それは、その春秋の風景、花鳥風月と深く結びついた名所であるだけに、思いは深かったのであろう。つまり、そこがまだ見ぬ名所ではなく、幼時から、季節ごとに訪れる根生いの馴れ親しんだ土地であったということである。

幕末期からの類題和歌集の流行は、題詠の題の枠を、急激に拡大させた。そして、歌枕の解釈も広がりを見せて、中古、中世とは異なる、近世らしい解釈や、新たなる歌枕を定める趣向の歌集があらわれたりもする時であったが、赤松祐以の旧幕時代の京都名所を「名所歌枕」として集め、詠歌を添えるといったこの書冊は、滅びゆく北辺門の歌学を象徴的に示したものといえよう。

この時期、漢詩壇では竹枝が大流行で、開化期の竹枝物が遊里だけでなく開化の新名所や風物を活写するなか、京都（西京）でも種々のものが刊行されるが、開化における新名所を、その眼目とするところ他と変らぬところであった。そうした書冊は時流の指向に適うため、多くが上梓されて、世に流布したわけだが、『赤松大人　山城国名所歌枕』などは、単なる懐古翁のすさびのわざとしか見なされぬ類のものであったろう。富士谷成章を祖と仰ぐ北辺門は、京都という地場によればこそ成形された学派と学風の一門であり、その根元は堂上の歌学で、成章も有栖川宮職仁親王の点を賜わっていた。

北辺門人には門跡寺の坊官や社寺の社僧、神社の神主、神人などが多かった。このことが、旧時代の崩壊といったことを痛切に赤松祐以にも感じさせることになった。北辺門に限らず、近世期においても京都の学派は、歌学が家学として伝えられるため、師家が代々を重ねると共に門弟もその代々が師家を変えずに学ぶことを尊しとする風がある。無論、そうした風には、和歌（歌学、北辺門においては四具〔文法〕を含む）を、華道、茶道、能楽、平曲、和算などと同じく、高等高尚な芸道の一つと見なしていたからでもあるが、そうした北辺門を支えてきた有力な門人たちの家の、新時代に崩壊、解体していったことが北辺門を衰えさせていく原因として数えられよう。旧派の和歌が衰えていく背景には、こうした旧時代の歌壇の形成者層の社会的地位の喪失ということがあった。

これらのことが遠因となって、『赤松大人　山城国名所歌枕』が生まれたといってよいであろう。同書の本文は赤松祐以の自筆終始一筆、処々に語彙考証や古典引用、引用歌の注が朱筆や鉛筆によって施されている。祐以晩年期の著述らしく、重ねて筆を加えているようで、さらに加筆の用意があったためか、郡が改められるごとに、遊紙が一丁ずつはさみこまれている。これは、郡によって多少の差があるから仕方のないことでもあったかもしれない。

所載の和歌には、上代語を用いた難解なものもあって、北辺門らしさが感ぜられるが、名所歌枕という制約を受けたための一書としては、実にまとまった一冊という印象が強い。この歌集は、北辺門赤松祐以の旧都京に捧げる挽歌集ともいうべきものかもしれない。次に書誌をあげる。

○書誌

〈書名〉表紙打付書「赤松大人　山城国名所歌枕」

〈体裁〉大和綴、縦二十七・六㎝×横十九・八㎝

〈丁数〉表紙一丁、遊紙一丁、本文三十四丁、遊紙一丁、裏表紙一丁・計三十八丁（墨付二十九丁、白九丁）

〈付〉蔵印「大八木印」（大八木真狭蔵印）、表紙書名は大八木真狭筆、本文は赤松祐以終始一筆、処々朱筆、鉛筆書の書入あり。

○翻刻凡例

・改行や配字は極力原本に忠実を心がけた。

・仮名は現行字体に、漢字の旧体異体もなるべく原本のままとした。

・仮名遣いと送り仮名は原本のままとした。

・濁点などは、賢しらに施してはいない。

○翻刻

赤松大人

山城国名所歌枕

」表紙

（遊紙一丁）

平安城陽横條

大八木印（朱蔵印）

今出川　武者小路　一条　正親町今中立売
土御門今上長者町　鷹司今下長者町　近衛今出水　勘解由小路今下立売
中御門今椹木町　春日今丸太町　大炊御門今竹屋町　冷泉今夷川
二條　押小路　三條坊門今御池　姉小路
三條　六角　四條坊門今蛸薬師　錦小路
」一丁表
四條　綾小路　五條坊門今佛光寺　高辻
五條　樋口　六條坊門今五条橋通　揚梅
六條　左牝斗　七條坊門今本願寺前　北小路
七條　塩小路　八條坊門　梅小路
八條　針小路　九條坊門　信濃小路
九條
」一丁裏
洛陽堅條
京極今御幸町麩屋町　冨小路　万里小路今柳馬場　高倉間堺町
東洞院間之町　烏丸間車屋町　室町間両替町　町尻間衣棚今新町
西洞院間釜坐　油小路間小川　堀川間醒井　猪隈間岩神
大宮間黒門　櫛笥　壬生　坊城
朱雀
」二丁表

山城国八郡
愛宕　葛野　紀伊　宇治
乙訓　久世　相楽　綴喜
」二丁裏
愛宕郡
加茂《山川神社》　しも《冠》と《枝》ゆふ《結》葛城山をいてましてかものみあれのみかきたふとし
神山《峯》　玉椿まつもさかゆる神山のふたはのあふひとはに絶せし
御生野　年ことにけふのみあれにあふ人はわかえて千代の齢ふといふ
太田澤　けふといへは加茂の氏人うち群て太田のさはに菖蒲ひく也
片岡　かた丘のこ《梢》ぬれとよもし鳴蝉のもろ挙なれや喧くして
」三丁表
瀬見小川　水ふかくた丶へてみれは石川やせみのを川も渕は有けり
御手洗川　世間のうきたのしきもみたらしの川せにけふはなかしやりつ丶
楢小川　御秡するならの小川にゆく水のせつに掛たる浪のしらゆふ
糺　二川のかは浪千鳥うちむれてた丶すの森にをちかへりなく
御祖神　よの中をはく丶みたつる神こそは神をひいまをかものみつかき
鴨羽川　神垣の青葉のもとをなかれゆくかもの羽川のみたらしの水
」三丁裏
斎院　しかはかり時めきたりし神山のいつこたえにしことをしそ思ふ
有栖川　とふ鳥のあすかにあらぬ有栖川ふちをかはりて幾世へぬらむ

紫野　　有栖川いつこの宮の跡ふりて寺となりぬるむらさきの野へ
雲林院　むらさきののへは昔にかはらしを雲のはやしのせまく也けり
舩岡　　舟丘の麓になひく花すゝきかこ《舟子》のこくなるそてかとそ見る
栢森　　霜雪に宮もかはらすかやのもりかへす《不》いくよのとしをへぬらむ　」四丁表
今宮　　みやはしら紫の野にふとしりて豊みてくらのなひく神風
鷹峯　　いくはくのとしはへぬらむはし鷹のそゝろ来やとるみねの松か枝
元愛宕　時しあらはかへり来ませと石魄のかみはむかしのまゝにましけり
鞍馬山　くらま山岑谷ふかしをちこちにたつをたまきのおとろ〳〵に
おく山にたつをたまきのゆふたすき　麻環幾　狭衣　谷ふかみ立をたまき枝葉も
おたまきの朝けのまひき　曽丹　あらぬ枝木也といへり
貴布祢川山社　秋風に羽を帆にあけて天津雁きふねの山を今そすくなる
伊邪那美瀧　おもふとちうちつれたちていさなみにいさ見にゆかむおつる瀧つ瀬　」四丁裏
大悲山　さを鹿は枕のもとに来鳴つゝいたくかなしき秋のやま里
花瀬峠　年を経し陰の樹神ことゝはむいつらさく花いつら川の瀬
氷室山　世間の春秋しらぬひむろ山青垣山を四方にか《圍》くひて
長坂　　丹波人都にかよふゆく《往来》さくさふみならしゆく長坂の山
石蔵　　きみか世は千代萬代にうこかしと天のおして《押手》のいはくらの山
八塩岡朗詠谷長谷　庵しめて住人もなし長谷やゃしほの岡は名にのこれとも　」五丁表

松ヶ崎　宮かへぬときはの陰に家居して世をつくすらし松かさき人

泥濘池　浅ましきみとろの池のうきぬなは《蓴俗ジユンサイ》よにた丶よひてたつきしらすも

小野 山里篠原　炭かまの煙をみてそたとりゆくもみちかつちるを野の細みち

補陀落寺　清原の深ゆふ原をわけゆけはむかしのあとの残るふるてら

音無瀧　何こともいはしとそおもふ音なしにおちくる瀑布を見るにつけても

大原 里山川　山川の水草清くみやこにはちかくてとほき大はらの里

」五丁裏

炭竈　年寒き冬をわか世とすみかまの煙たてそふをの丶里人

朧清水　おほろけに誰かはくまむ八重葎しけみにおほふ石井まし水

八瀬　矢背少女つくる柴漬《シバヅケ》うま人の秋のなこりの名はたまひけり

芹生　都人来てもつましをいかにしてをりふの里の名におひぬらむ

静原　よの中をいとはむ人は来てをすめわれかはとはむしつ原の里

寂光院　波風のさわくやいつこしつかなる月日のひかりとまる山寺

」六丁表

岩屋山　神結日神の乳汁わきいつるいはやの水は薬なりけり

枕阪　截倒す本よりおふる榾の木はこの枕板のほかにあらめや

日枝山　競へては此重はかりはひき《低》なからみやこのふしの名に立にけり

音羽瀧 川西阪本松室トモ　おとは川音たておつる瀧つせはひえのたかねの雫なりけり

白川 里瀧野後　百千鳥なくねたえせぬしら川はおとはの瀧のなかれとそきく

草川 白川の辺　としくに枯てはおふる草川の昔にかへるしらなみもなし　」六丁裏

瓜生山　狛人のつくるにあらぬうりふ山おにさへ高くたちふなりけり

吉田山 吉田の東　山蔭のいつき祭りし神松に千代もとかゝる花のふち浪

神楽岡　うつし来てかくらの丘にいましけりかみのつかさの八の神殿

禅林寺　池水の底もにしきをしきけりとこすゑ見かへり見るもみちかな

粟田 上神楽岡　下神楽岡　鳥か鳴あつまにくたる海山のみちの口なるあはたくちかも

祇園 上粟田下粟田　かくしつゝ栄そゆかむかみそのゝ千歳のさくらいけのわか菰　」七丁表

八坂塔　あららき《塔》は都のかたへかたふくといのりなほして猶たてりけり

長楽寺　とこしへにたのしき名さへたのまれすこの古寺のあれゆくみれは

雙林寺 金玉山　玉金おもひの家も何かせむつきぬたからのあらしとおもへは

康頼宝物集

栄華物語―たきゝつき雪ふり暮る鳥辺野はつるの林の心地こそすれ

鷲尾　さくら花春をわすれすさきぬれとみゆきふりにし鷲のをの山

清水　清水のその名もしるく太山《ミヤマ》よりなかれておつる瀧の糸筋

歌中山 高倉院御陵　よの中のさわきにかへてきこすらし山まつかせを清く閑に　」七丁裏

阿弥陀峰　名にしおへはあみたかみねに行かりをちかひの舟とおもはさらめや

鳥部野　としくに蓬生繁りつゆおきてふりこそまされ鳥部のゝ原

蓮華王院　此寺のたからの倉はかくつちの神にさゝけていくよへぬらむ

六波羅　北面門ある寺のあとにひくその門さへもなくなりにけり

関白頼通問巨房過日北面門ある寺日本ニハ六波羅密寺天皇ニテハ云々徒然草ニアリ
モト若宮通左女牛ニアリ寺内ナルヲ以テ五条東ニ移ス

若宮　左女牛にのりて御神は鴨川のひむかしの方にいてましにけり

耳敏川　二条朱雀門前　引たつる高のみゝとの川のせにあら《荒》世にこ《和》世のはら《秡》へすらしも　」八丁表

神泉苑　二条南大宮　千早振神のいつみのそのなれはみゆるをうしと沸かへりけむ

縣井戸　一条北東洞院　太平記十三公宗謀反　かきつはた隔《ヘダテ》もあらすさくものをあかたの井戸のおも高の花

草堂　旧小川一条　わさ角《鹿ヅノ》を杖に衝たる草ひしりねりしや昔かものまつりに

戻橋　一条堀川　うちつけにはしたにきゝて立もとる人こそわたれ西ひむかしに

出雲寺　一条京極幸神　伝教大師建　いつも寺風にくすれて雨もりし棟木の水に鯰すみけり　今昔物語ニあり

御霊社　皇御孫の御代あかれと出雲路に八前のみたまいつくみやしろ　」八丁裏

桜町　万里小路東南元貫之の家　とし毎に花待つけしその名こそ都の町の名にのこりけれ

飛鳥井　中納言成範家　万里小路二条北　立ちよれはあつさわするゝあすかゐはふちせならねとかはるしみつか

常磐井　住人のいのちもなかくわかえまし月もやとかるときはゐの水

中川　京柳川二条之辺　ふりわける湯津植木にほとゝきす来つゝねをなく中川の宿

少将井　烏丸東冷泉北　神祭りゐのへのあま《尼》はもろ人にみるめをかりて疫病はらひつ

閑院　二条南西洞院西　内裏頼朝造営　かくります天の八千蔭たらはねとかりの宮ゐの大内の山　」九丁表

業平家　三条坊門高倉西　いにしへの春をわすれす梅の花太まき柱《業平家ニアリ》にかにゝほひけり

伊勢家　二条東洞院　女郎花菊も何れも何かせむあからさまなるなてしこのはな

周坊由縁家　冷泉堀川北西　ふるさとのしのふかた〳〵おほかれは八瀬大夫に住かへりけむ

六角堂　斑鳩《イカルガ》や迹見の小川にすむかめのうき木にあへる御佛の室

紅梅殿　さく梅の花のにほひを吹ためてつくしのかたへおくる春かせ

五條天神　大巳貴しら《食》さ《召》ぬ国もなかりけり少名御神の御やしろそこれ　」九丁裏

新玉津島　浪よするもとの渚やいるはかりこひしかるらむ玉津しま姫

因幡薬師　ふるさとの因幡の海の浪の音にかへてねかひをきくかかしこさ

海橋立　池水は天の川原になかれあせてきゝこそわたれ海のはし立

塩竃　いさといひて都に来つるしほかまのけふりとなひきかへりけらしも

大江公資家　とし〳〵に古曽部のほうし見にきつゝ道の名たてになれる宿かな

光孝帝御前附房　釣殿院　六条北東洞院東　おもしろの玉の哥よみ住てけむこの釣殿の昔をそおもふ　」十丁表

淳和内親王

兼明親王家　三条坊門南大宮東

長者侍領
御子左　水上は亀の尾山のしたゝりのすゝしき泉今もなかれつ　」十丁裏

（白）　」十一丁表

（白）　」十一丁裏

葛野郡

北野　神籬の一よのまつにゆふ掛てなきわたるなり山ほとゝきす

右近馬場　馬の庭新手番に真手番ひをりのみやひのこるふるさと
日折日五月五日ノ手番《テツカヒ》ノ日ヲイフ也

御輿岡　みこし岡名に残りけりみゆきせし野への御狩の千代の古道

平野　綾杦のあやにかしこく神さひていつく平野の杜のゆふして

紙屋川　萬代と渕瀬かはらし紙屋川平野北野の中を流て　」十二丁表

岩蔭
鏡岩花山陵　三条院陵
日の光りこゝにかくしていは蔭のかゝみの石も曇り久しき

北山
大北山　小北山
みやこ人紅葉松茸とり〳〵にあそはむ山そこのきた山は

西園寺
衣笠山艮金閣
常磐井のなかれたゝへて年久にあすかことなき庭のいけ水

大内山　いにしへのはこや《藐姑射山》の山は跡ふりて只おほうちの名にのこりけり

仁和寺　高ふりし法のみことはあくかれて御室の殿はけふりとそたつ

衣笠山　雨ふれは草木のみとり弥まして色そめかへすきぬかさのやま　」十二丁裏

小松 原峯　春ことの子日にもりて小松原みねに老木と成にけらしも

真袖か原　白妙の真袖かはらに今もかもきみか為にとわかな摘らむ

雙岡　敦公今一声をたちまたむならひか岡の名をたのみつゝ

並池 丘之南池　大かたはつまあらそひもあらしかし並のいけに遊ふ鴛とり

衣瀧 並岡西南　うこきなきいはほにかくる白妙のころもの瀧をきてもみるかな

太秦　織し絹みとりの庭に満たれはうつもりまさの名そ玉ひける

」十三丁表

木島杜　葛野なる秦うつまさの氏人のいつきそまつるこのしまの宮

常盤森 山里秋　色かへぬときはの山のやま松のふりぬる年はしる人もなし

鳴瀧　なる瀧の闇ににたりて流るれはしらぬ人さへあらしとそ思ふ

廣澤池　かくはかり此世の中はひろ沢のいけるかひなき人もありけり

大澤池　世の中の人おほさはのいけるまはたのしくあれとおもふはかりそ

奈古曽瀧　絶にける名こそは高くきこゆれとたきのひゝきそよになかれたる

」十三丁裏

大覚寺 嵯峨院トモ　此殿は吉野すへらのいてましてニくちの宝譲りましつも

嵯峨野　花鳥に虫のねもみち蛍雪はる秋とめるさかのやまさと

人見岡 清少住吉物　住よし《吉》の岸へに引てかへりけりひとみの岡のまつのつらきも

栖霞観 融大臣別業　さかの山かすみのすみかよそにみてふるさといつく雁そなくなる

小倉山　かけくらし空もをくらの山風にしくれこきまをあられ玉ちる

亀山　玉津神豊莱原の引かひにのりて泊けむ亀の緒の山　」十四丁表

野宮　小紫垣黒木の鳥居これそ此いつきの宮のなこり成ける

清瀧川　石間ゆく水のしら玉消かへりなかれて清し清瀧の浪

愛宕山　あたこ山此大神に幣とりて花つみかへるみやこひな人

朝日嶽　火産日《ホムスビ》の神のみことは朝日影まつさす嶽にしつもりいます

日晩瀧　山高みこかけに闇き秋蜩のこゑにおちくるたきの白いと

高雄山　廣幡の神にねかひの高雄寺清たき川に世をへたてつゝ　」十四丁裏

栂尾山　山寺は坊主くさしと栂尾にこゝろにかなふ庵しめけむ
明恵上人ノ歌ニ山寺は坊主くさくていたからす心清くはくそふくにても

大堰河 入江　大井川小倉の山の秋の色をうかへし入江あせはてにけり

八雲御抄大井川と待れはとなせ山
となせの岸も中川辺なるへし

戸難瀬 山瀧　となせ山ふもとをめくる滝川のこゝろくたきて下す笺士

為綱　岩浪の色をそ埋むとなせ山紅葉の瀧のおくるあらしに

嵐山　み吉野の花をうつししあらし山内外の人もつとふ名所

法輪寺　山のなのあらしの風の吹からにみのりの輪こそ世にめくりけれ

西行　山家集　をしか鳴小倉の山の春ちかみたゝひとりすむ我心哉
同　わか物と秋の梢をおもふ哉をくらの里に家ゐせしより

西行庵　見し人は昔となれとうゑ継て花はとし〳〵盛なりけり　」十五丁表

名勝誌曰土人云旧跡在二尊院北
妓王寺間

松尾 山神　世の中はとなりかくなりなりかふら《鳴鏑》しつもりいます松の尾の山

月読社　民地《ガキトコロ》ほしみし神にさゝか《捧令》せるあや《サヽグル》《ガゲ》にかしこし哥の荒操田

坐松尾社南二町許
日本紀云顕崇帝献山背國葛野郡歌荒単田《カラスタ》十五町以為月読神地

衣手森 星小野　吹おろす松の尾山のやまかせにさむさおほゆる衣手の森

葉室　立延てちらすにしける呉竹のはむろの里の夏そ涼しき

桂 川里　久かたの月のかつらの川かせにこかけになひき蛍とふなり

梅津　梓弓春は花さく梅津川なかれて秋は月のかつらそ　」十五丁裏

梅宮　花散て実を結ふてふ小若子の神のさきはふ此梅のみや

左大臣高明家　四条北西大宮前
後撰雑二
西院　池水は西の海まてなかれきてかなしさそふる松風の音

宇多院 西土御門木辻北　御狩する宇多野の原の小松原のりのすへらの大宮所

祇王寺　古つかにもゆる草葉もかれわたるいくもゝとせの秋にあれ共　」十六丁表

（白）　」十六丁裏

紀伊郡

東福寺　錦着て都の人そつとひくるもみちの秋の古寺の庭

月輪　むらさきのゆかりもふかし月のわのかつらにかゝる花の藤浪

稲荷 山社三峯　いなり山ねかひもみつの峯まうておのかまに〳〵かへる坂みち

深草 山里野　ふりにける竹のは山をたとれとも鶉もなかぬふかくさの里

藤杜　神祭る夏にかゝりて藤の杜こすゑにかくる花の錦木

」十七丁表

暗部山 可考　くらふ山おほつかなしやほとゝきすなきてこゝそと人につけなむ

御香宮 御諸神社トアリ　ひもろき《瑞墻》のあたりをかくふ梅の花かをりみちたる神のみやしろ

伏水 山里沢　うち日さす都の山をとひこえてふしみの澤に雁なきわたる

竹田 原里河原　鼃なく声にてあけぬことし生の竹田のさとのふしのみしかさ

順抄日雀禹鍚食経云鼃《ケイ》鳥和名久比奈　漢語抄云水鶏貌似鶏
能食鼃故以名之

芹川 三栖ノ北　せり川やみゆき 仁和帝 経にし道とめてわか葉やつまむ千代のためしに

秋山 下鳥羽東　実のりよくたのみおほしとよもやまに八束穂なひく秋の山かせ

」十七丁裏

淀 川後沢　よと川のよとめる渕のつなき鯉沢瀬はあれといてそわつらふ

鳥羽 田里　堀川の御世にさゝれし勝画 男根《カチ》会　屁券物 よりかきはしめけり鳥羽の里人

恋塚　玉と見てとりあらそひし武士のこゝろくたけしけさの白露

東寺　こま百済ほう〳〵まら《稀ロラマレ》人こすなりて殿さへ賜し東の寺

一口　すなとりし又みしふこをつきにけれ妹かあらひし衣ならすや

吉祥院　よきことを人にあたふと天少女天の羽衣そらにひれふる　」十八丁表

（白）」十八丁裏

（白）」十九丁表

（白）」十九丁裏

宇治郡

宇治《川山里橋後》　土肥て山川《備エモト》そたり《足》水清きみやこのたつみ見れとあかぬ里

彼方　いと丶しく菟道の河霧深けれはをちかた人や路まとふらむ

布計里《元忠公家》　秋もや丶《後忠実公家》ふせの里人ころもうつよさむおほゆる宇治の川かせ

岡屋　紫のゆかりも絶て岡の屋はいさり魚釣小舟こくさと

橘小島崎《川》　菟道山の神のいふきにたち花のこしまのくまもはる丶川霧」二十丁表

山吹瀬　ゆく水にさくともみえぬやま吹の瀬戸こす浪の音のさやけき

朝日山　菟道山はやま〳〵あれと朝日影まつ此山にさすといふやま

槙尾山　河霧はかつ晴わたりしみ《繁》さふる真木たつ尾上みれとあかぬ山

三室戸　足引の山かさなりておくまれはよのちりすゑぬ三室戸の寺

木幡山《山関川峯》　馬もあり車もありて宇治山のはるの木の芽をひさく里人

日野 外山 方丈記　琴琵琶の声を残すや日野山のみねの松かせ谷の水音　」二十丁裏

醍醐寺　山水は醍醐の味に似たりとて寺に名附てた丶へられけり

石田小野　山科のいはたの小野の草しけみところ得かほに雉子なくなり

櫃川 橋　花の山まちかきなからよそにみてそてひつ川のはしたなの身や

笠取山　難波菅かさとり山のたひ人は岩間寺をやさして引らむ

栗栖小野　花す丶きまそをの原をくるす野のはきの錦をぬはむとはすや

山科 興福寺橋　橋の名を跡にのこして楢の葉の奈良の都に寺はうつりぬ　」二十一丁表

花山　しはしとも鳴鳥なくて心からかつちりゆくか花の山寺

音羽山 川瀧　山しなの音羽のたきのなかれてはひ丶きそかよふ比えの西坂

牛尾　谷川のかはつの声をしまへにて八十瀬わたりて登る牛の尾

安祥寺　塔の五百の佛のゐみたれを鞭もてた丶すうま人や誰

在原業平山荘　住わひてかくすへき山里もけにありはらの昔をそおもふ

袖の河原 日ノ丘ノ東　旅人の都をいつるきぬ〴〵のそてのかはらの明ほの丶空　」二十一丁裏

（白）　」二十二丁表

（白）　」二十二丁裏

乙訓郡

大原野　有明の月かたふきて大はらやなこりをしほの神の御遊

小塩山　八少女の立まよふ袖とをしほ山まつるたな引春かすみかな
冴野沼　西山やみね白妙にふる雪にさえのゝ沼そおもひやらるゝ
良峯　玉くしけ都の冨士の根おろしのふきかよはせるよし峰の山
長岡　奈良はなれ平安はいまた定まらぬ中の都の長岡の里
」二十三丁表
今里　都にはありわひはてゝその人のいま来てすまむ里は此里
　　紀阿佐孺塢齋佐佐《アサズヲセサヽ》
鞆岡　とも岡のさゝ《根ザヽ》といひつゝ童部のひくや牛の子あゆみかてなる
　　神楽歌　このさゝは何このさゝそとねり等かこしにさけたる友岡のさゝ
向日山 神里　高津日は頭衝《カブツク》真日の向日山まちわたるらし夕立のあめ
羽束師山 森里　何事をなしてかはかり年へぬとひとのとはまくはつかしの森
久我　こかの里山崎かよふ旅人のそてをつらねて曜ゆく見ゆ
大荒木 浮田森里野　大あらきの浮田の水もかれはてゝなはしろか《貸》さむ時そ来にけり
」二十三丁裏
狐河　いもとせはかなたこなたに住つきて川わたりするきつね成へし
御倉山　穀物つむやみくらの山もとに真木の屋たてゝ人は住けり
往箕里　人しれぬ花もさかしをいかにしてゆきみのさとゝ名にたちぬらむ
入野 原　小荻さく入野のすゝきほに出てつま恋すなるさをしかの声
須原山　ふりにけるくひを守らてなに事もすはらの山そ住ところなる

小倉社　里人のいつきもあつく年をへてをくらのやしろ神さひにけり　」二十四丁表

宝寺　星うつり甍《イラガ》はいたく年ふりぬたからは寺の名にのこれとも

山崎 神橋　玉手より祭り来りて酒解の神のうしはくやまさきのさと　」二十四丁裏

離宮八幡　山崎ややはたの宮の細男いそしくもあるか神のあそひに

（白）　」二十五丁表

（白）　」二十五丁裏

久世郡

男山　西の海神のつかさのはた《妄語》音をたゝせと宣ていつく御やしろ

石清水　涌出てぬるみたにせぬいはしみつすへて御神の恵なりけり

美豆 野御牧入江森　真蒋草かつしけりゆく三豆の江はうへ野の雲雀牧のわか駒

久世 社原　あはれてふことをはつみてよの中のくせのやしろの神にさゝけむ

鷺坂山 小笹ケ峯　ふさはしや名にもたかはす白つゝし匇花さける久世のさき坂　」二十六丁表

栗隈山　くりこまのみやけ《屯倉》いつことことゝへは山口しるきまつの一本

奈吉川　もの思ふ心もなきの川みれは清くさやけしたとむ瀬もなく

巨椋 入江社森里　花蓮かれゆく秋はおほくらのいりえとよもし雁そおりくる

槙島　舩よするまきの島松白たへにさらせる布と鷺のおりゐる

縣社　殿造る人はかはれとむかしより宇治のあかたをまもる御社　」二十六丁裏

平等院　わか国にまたみぬ鳥のかたちをは佛によせてつくれりし殿　」二十七丁表

椎尾山　瀧　葉かへせぬ椎の尾山の岩門よりなかれ久しき瀧の白糸

（白）　」二十七丁裏

相楽郡

贄野池　御調する贄野のいけにうく鴨のしたやすからぬ世にもふるかな

井手　玉川　玉水　岩橋　中路　玉水の水とたつねて井手川のいは橋わたりのほるやまみち

狛　山里野　昔こそ譯《ヲサ》をかさねてきゝてけめこま山松の風の音たに

泉川　向立て桃の川は年ふりてしつけきなみにちとりなくなり

研原　みかの原ゆくとはなしにいつみ川なかれたえせぬみつのみな上　」二十八丁表

沢田川　高橋は名のみ残りて沢田川みつのなかれもいつちいにけむ

万　ふたは山やまなみ見れは百代にもかはるへからぬ大みや所　読人不知

久尓旧都　布当山　山川のあとはむかしのまつなれやくにのみやこはそことしらなく

和豆香山　御こしたち安積に皇子の浅からぬみはか所そわつか杣山

相楽山　円野姫かへるをうしといひしより名にのこしけむさからかの山

古事記　垂仁　於是圓野《ツフラノ》比賣漸《クニ》言《ス》同兄弟之中以姿醜被還之事聞於隣里是甚漸而到山城国之相楽時所掛掛枝而欲死故号其也懸《カケキ》本今云相楽

鹿背山　都ともなりしや昔かせの山よをうみ苧こそ今はかくらめ

馬喰山　わか草を馬くひ山のくひあかはいつみの川にひやせ蹄を　」二十八丁裏

祝園　今柞森
吾君とわきの里へにいはすしてはふりそのにそはふられにける

小田原　蓮さき瑠璃のみつほの薬あれとくる人もなし小田原の寺
今昔物語　後醍醐帝ノ中献ヲ誘

笠置窟　蜂さへもたしなめし笠置山くなたふれなる飛鳥路の醜
続日本紀

鷲峰山　道の日越智の法師こゝに来てくすしきはちをうつめたる峰

百丈石　年をへて草さへむさす露ひかるいはほのうへに遊ふけふかな

文珠石　石醜の神のうつみましけるをもんすりしとはうつる法の師　」二十九丁表

（白）　」二十九丁裏

（白）　」三十丁表

（白）　」三十丁裏

綴喜郡

木田井　宮人のむかし摘けむ根芹こそかにはの田ゐに今も生けれ

耳南備杜　こからしの風にまかせてかむなひの杜の紅葉はちりにこそちれ

天神森　天津神こゝにあもりてすゑ久にきみをまもりのおほ宮所

多奈久良野　棚倉の野へはしきかも伊弉諾のかみのみことの玉しちらせは

管木原　磐之姫皇居
都にかへらしものと宮たてゝよをつく〳〵し筒木はら山　」三十一丁表

飯岡　普賢寺谷ノ東　十余町
ことゝはむ大山咋の大神のくひあましたる岡山にもし

普賢寺谷　旧名朱智寺の右にとなへをかへてその寺もなき晋間こそいにしへの朱智　」三十一丁裏
基道に建立
今寺滅
（白）　」三十二丁表
（白）　」三十二丁裏

世の中のうつりかはりことは春の花秋のもみちとやいはむ昔を
おもへは法成寺法住寺の美観六勝寺の壮麗は名のみ残りて
有けれ所さへおほ〳〵し明治になりてよの火にかゝりて焼失たるは
天龍寺の佛殿方丈離宮の八幡宮栂尾高山寺青蓮院の
御門室仁和寺の御室東福寺の仏殿法堂方丈南禅寺
の仏殿智積院の講堂等取毀ちて無くなりたるは清水寺の　」三十三丁表
南谷の六坊祇園の社務なる宝光院東寺の執行はた石清
水の三善法寺坊舎数十軒岡崎町なる東光寺願成寺等
あとかたもなくなりたる尚いくらも有ぬへし乱はかりうつりかは
る世と見るにも人の心を種とするよろつのことくさも時世につれて
かはることは先達のいひけむまこと成けり今萬国交通の
御世となりて人の心も貸殖をむねとするやうになり蝦夷の　」三十三丁裏

千島も北海道となり琉球国も沖縄の縣となりわか大八島も
古昔にまさりて広くなり百八十国は八千綱かけて引よする時と
成にたり此京都の今めかしき山川社寺官舎製作所
の壮飾広調は世人見知る所なれはこゝにのせすからふと嶋は魯西
亜にあたへ東寧の新高山は我み国になりいてつときく人の平
安城のむかしをしのふ同しとちの心なくさむる哥枕とも
ならむかと思ふもいとはかなきすさひにやあらんかし
洛陽の隠士しるす

」三十四丁表

」三十四丁裏

（遊紙一丁）

（裏表紙）

第九章　福田祐満について

一、はじめに

京都の近世後期から明治末期に至るまで、最も独自性の高い地下歌人の結社は、富士谷成章を祖と仰ぐ北辺門であった。京都は風流雅士の集まる文雅の都であり、堀川学派に代表されるように儒学を頂点とする学問の都でもあった。そして、後述するが、京都では、歌学・茶道・聞香・蹴鞠・雅楽などが、そうであったように雅事と学事は同一視せられるものが多く、そこに文人という概念が生じる素地があったわけである。そこには、各々の学芸を、家学とし、宗匠家と称し、家元と名付け、公家や諸太夫、僧、神主家が中心となって、その立場を独占する習いがあったわけで、画家など、粉本主義によって凡庸な当主の出現には「唐様で暮らす三代目」といった冷ややかな笑いがあびせられもしたが、今般においても華道など少しもかわらぬところである。

北辺門は、歌学としては有栖川職仁に就いた富士谷成章を祖とするため、地下堂上派の歌風であるが、国学の泰斗本居宣長をも驚嘆させ、大きな影響を与えた文法研究に特徴・特色を有している。北辺門の文法研究は「四具」とよばれる四品詞分類によって成っており、成章とその子富士谷御杖による研究成果は、学問学派流派を越えて、国学者門に広く影響をもたらした。なかでも成章の『あゆひ抄』と『かざし抄』の二書は、刊本として上梓されたため、富士谷成章の北辺門の家学の公開ともなった。

しかるに、北辺門は、成章の後を子の御杖が継ぎ、学問的にも発展させたが、御杖没後の富士谷家当主が弱年をもって、榎並隆璉、並河基広、福田美楯の三人、共に当時の文人墨客の紳士録『平安人物志』にも所載の有力門人が北辺門を維持運営することになる。ここでは、血脈によってでなく、真の学力、学徳によって北辺門の学流が継承され、ますますの北辺門盛隆が約束されるかにみえたが、その逆の結果となった。というのは、福田美楯は、安政二年十月、亡師子息の名を以て、一門人にすぎぬにもかかわらず「追年懐旧」の題詠を広く募り、同じく北辺門の俊秀である五十嵐篤好から攻撃され、かくて北辺門の内紛分裂は決定的なものとなった（『富士谷御杖集』二巻、昭和十二年三月二十五日刊、国民精神文化研究所）。

この件の主な責任は、福田美楯にあったようで、自らの北辺門での中心的存在をアピールする行為に熱心で（別章「北辺門の和歌一枚刷」）、また文法研究においては、富士谷成章・御杖の父子がしたことのない、四具伝授の伝授書を福田美楯の名で門人たちに出すなど巧妙な手段によって、次の世代の門人たちの心を係留することに成功するのであった。歌人・国学者の研究をする手始めとしてよく利用される『国学者伝記集成』の如き著が、福田美楯を誤って、「富士谷美楯」と表記して解説するのは、この辺の事情とかかわるがためである。

福田美楯と、美楯の次男で赤松家を継いだ赤松祐以の父子ついては、拙著『京大坂の文人』（一九九一年七月十日刊、和泉書院）のなかで「北辺門最後の学者　赤松祐以」の一章を設けて、その伝記・

著述について触れたが、福田美楯の孫であり、福田家当主であった福田祐満については、その伝記・著述も目に触れることができず、資料の所在も不明であったが、最近に、片々たるものではあるが、祐満自筆の雅文を二葉ずつ程綴じて一冊となしたものを入手するに至った。

この一冊によって、幕末期から明治末期にわたる北辺門の中心的存在の一人であった福田祐満の伝も多少ながら詳らかとなり、より大きな意義としては、旧派歌人の結社が次世代の人材へ、いかに自らの研究土壌を手渡しにしつつ、自らの使命を終えて消滅していくかが見事によみとれる資料であるので、本章では、この貴重な資料を引用紹介しつつ論をすすめていくこととしたい。因に、福田祐満は、赤松祐以と異なり、その歌集も上梓されることなく、まとまった遺稿・遺著の存在もまったく報告されていない。散佚してしまった、といってよいであろう。

二

福田美楯には、学統を継ぐ子息が二人あって、長男は福田家を継ぐ祐敬、二男が祐以である。福田祐満については、ほとんど伝記も不明である。赤松祐以は、通称を熊次郎（熊二郎とも）、大学とも称する。文政八年八月二十六日、京都高辻間の町で生まれる。祖父美楯は吉野屋左兵衛と称し、漆器家具を商う商家の人で、傍らに和歌、文法（四具）研究にいそしんだ。美楯の号を幸舎と称する。祐以は、二十四歳の時に、福田家を出て、豊後松平家の京御用達を代々にわたって勤める赤松家（武士）の養子となった。赤松祐以の遺稿集『葛絃風響』（大正元年十月十二日刊、和装活版本）には、祐以二十六歳の時（嘉永三年五月三十日、二十九日とも）、父の美楯が没したため、美楯主催の社中、須賀室社中の歌会の運営に、祐以があたり、年上の優秀な歌人を擁する社中歌会運営は並大抵の苦労ではなかった、としている。しかし、祐以の実兄福田祐敬についてはは、まったく触れられておらず、兄を差し置いて社中歌会の首座にすわることが祐以にとって当然であったかどうかを今、詳らかにすることができない。

福田祐敬は生没年不詳、ただ祐以とはかなり年の差の近い兄弟であったようである。では、架蔵となった一冊についての若干に触れながら、論をすすめていくこととしたい。

一冊は、片々たる冊子たること既述したが、丁数は全部で二十五丁、二～四丁ずつ、あるいは一丁、一紙ずつ、異なる内容と体裁のものが、後に仮綴じにされたもので、表紙も無い。ただ第一丁表の右方に

歌人記録　疏水開通式の記事

と墨書されているが、内容はより様々でバラエティーに富むものである。その一点一点の内容をかいつまみながら、分析する過程で、本章の意とするところは明らかとなるものである。

一冊の内分けを次にあげて順を追っていく、という手続きをとるにあたり、題のあるものをあげ、題の無いものは、仮に、著者が名づけることとする。

1〇須賀室社中（仮題）二丁、「須賀室幹事」

2〇疏水開通式の記事（仮題）四丁

3○水嶋永政追悼（仮題）一丁「福田祐満」
4○今村則義永代供養（仮題）一丁「明治廿四年七月十二日」「今村旧弟子　岡田こと　尾崎とも」
5○一莖三顆前川文嶺画への祐満賛文（仮題）一丁、「明治廿三年八月三日」「桂の里中路うし」の乞、による。
6○男山八幡宮詣（仮題）一丁「明治廿三年十一月安川氏此作」
7○九星弁、二丁
8○我田へ水の論、一丁
9○須賀室月次歌会幹事交代（仮題）一丁、（明治二十四年）
10○家業念書（仮題）半丁一紙
11○魚菜の説（仮題）一丁、「明治廿五年六月廿四日」
12○赤松祐以大人七十の賀（仮題）一丁半、「明治廿五年七月」
13○螢　七月千枝会、二編、半丁ずつ
14○虫　八月、一編、半丁
15○月　九月　一編、半丁
16○紅葉、一編、半丁
17○初冬、一編、半丁
18○雪、一編、半丁

19〇古今集通話の序、一丁
20〇義道大人を悼む、一丁
21〇式社詣乃記の跋、半丁、「明治廿余四年の秋のはしめ」
22〇寄山祝　二首、楓、二首、水辺納涼、二首、計六首、半丁
23〇古今集通話の序、一丁、「明治廿五年七月上浣　福田祐満書記」（十九の浄稿）

右の内、祐満自著でないものは、6で、4は祐満の代作によるものらしい。

19と23は同内容で、23が清書の成稿段階のもののようであるが年記は23にしかない。23を次にあげる。

古今集通話の序

我友中村篤の秘もたる古今集通話の下巻は御杖師上足の弟子並河基広ぬしの筆跡なり　上巻はいつ失せけん　篤いとをしと思ふこと年久し、此度我師赤松祐以大人に乞ひて下巻に傚ひ歌の傍に俚言をあて初学人の歌意をしるたつきとす　そに我師いへり歌に俚言をあつるはあしきとにはあらねど（ママ）もいかにせん　言葉の上のみのしをりにとゝまり余情のある処を尽しいふにあらねは詠人の心のきはみ解得たるにあらす　若夫俚言のみにて歌意を解尽したりと思はんには、めで（ママ）たき歌ともを軽く見すぐ（ママ）す嫌なきにあらず　唯其大旨を得てその梯とし高く遠き歌意を悟り古人の意匠を賞てみつから歌よむ心用ひの模ともなさは益其益なしとせす　おのれ浄書するにあたり　師の

言をしるして読者の注意を援くとしかいふ

明治廿五年七月上浣

福田祐満書記

北辺門では、四具研究のあゆひ、かざしの両書でも古典注釈に、当世の語をもって注解を施す方法が確立しており、これは大坂では尾崎雅嘉が古今集ならび古今集両序の全文口語訳を施し(『古今和歌集鄙言』寛政八年刊、『古今和歌集両序鄙言』刊)、伊勢松阪では本居宣長が『古今集遠鏡』(寛政九年刊)など、所々の学派の国学者が試みる方法となっていく。しかし、北辺門こそ、しっかりとした文法研究に裏付けられた学風であり、成章以来のスタイルとしての自負は強かった(拙編・解題『尾崎雅嘉自筆稿本百人一首一夕話』平成五年十一月十五日刊、臨川書店)。これらのことについては別稿をもって、さらに追求論考するものとしたいので、ここでは祐満についてのみに焦点をしぼると、右序文中で、赤松祐以を「我師」と尊称し、浄稿の労をいとわぬ立場にあったことがわかる。

三

右にあげた『古今集通話』なる書は、『国書総目録』にも見当らないものである。さらに注目に値するのは12で、これに類する資料は現在見出されていないので、次にその全文をあげる。

当流の曩祖北辺成章大人百年祭　同男富士谷御杖大人七十年祭ともに近年にめくりこむとす　はた福田美楯大人五十年祭も近つきぬ　来る明治廿八年春気朗なる頃を撰みて祭りを行ひ盛なる歌会を催さんとす　あたかによし　其年は我師赤松祐以ぬしの七十の賀に相逢なり　富士谷の流を

汲み赤松のかけに遊はん人　事を挙るにつとめさるべ《（ママ）》からさるをや　しかれとも凡の事は必世賤乏しくて我得へからす　爰に我すか室の友とち思ひ起して月々若干の銭を募りて其時の用に当んとす　志有る人々は賛助給はんことを乞ふ　年は三年を限り月々に三銭つゝ投給へ

明治廿五年七月　発起人　すか室社中　梅内義成　中村篤　護城春章　大八木真狭　福田祐満

安川まち子　日下部大彦　松田長教　笠永昌信　赤松藤枝子

森　大久保　光明　高木　高屋　若山　風見　中出　中村　小藤　山岸　三宅　大幸　石田

藤野　玉秀　玉誈　中野　山口　小山田　上野　藤井　多田　広部　日軽　時平　久住　橘

中川　木村　夏目

福田家当主である祐満は既に一門人となんらかかわりの無い存在であることが右でわかるが、姓名の書かれたはじめの十名が、当時の須賀室（赤松祐以の和歌社中）の中心メンバーである。実に、これ以前に、祐満は、須賀社中運営のより上座であったのに、感情の行違いかと思われる問題から、役を退かざるを得ないことがあったらしいことがわかるのが9なのである。次にあげる。

須賀室月次歌会ハ明治廿二年二月ニ創始シ本年本月に到リ二ヶ年間ヲ経過セリ其間専ラ眷顧アリシ諸君ニ謝シ併テ将来内規ノ改替スルコトヲ謹告ス本会創始以来二ヶ年間ハ不都合ナカラ祐満内務ヲ幹旋シ待客周旋ハ安川氏ノ主任ノ如ク成タルハ其始約束アルニ非ス本会創立員ノ義務冷淡ナルヨリ拠ナシ安川氏及祐満等主務トシ関渉スルコトト成タルナリ然リ年月ノ久シキ頗ル倦怠ノ気萠シテハ接待上ニ不行届アリシハ諸国ニ対シ海恕ヲ冀フ所ナリ右労倦酌量ト不行届矯正トノ二條

ヨリ起リ本日ヨリハ祐満等ニ暫時休暇ヲ賜ルコトト成シハ甚満悦ノ至リナリ此義中出氏ノ輿論ニ梅村中村両氏ノ賛成タリ三老兄ノ幹施ナレハ祐満等啻ニ安心スルノミナラズ必ヤ内ニハ後進ヲ奨励シ外ニハ来賓ニ満足ヲ与ヘンコトハ予知スル処ナルモ若萬一ニ反対ノ結果ヲ得ンモ其責祐満等カ与リ知ル処ニ非ス此義予テ謹告ス

右の特に末尾の「反対ノ結果（もしうまくいかない場合）ヲ得ンモ其責祐満等カ与リ知ル処ニ非ス」など、祐満のにがりきった顔が浮かびあがらんばかりの書きぶりで、わざと冷静と事務的を装った漢字カタカナまじりの文章だが、「本会創立員ノ義務冷淡」としておきながら、新しい内務主務を「三老兄」とするので、原因が何であれ、感情的問題が大きく膨らんだうえでのこととはすぐに察せられる。梅村は次の資料にあがる梅村三内（義成）で、中出は心学道歌の著書が一冊上梓されている人物で中出利観、中村は中村篤、右で氏を自らの姓には用いていない。

しかし、これらの背景にあったのは、やはり、いかに福田美楯の家を継ぐ当主であったとしても、その人物の持つ能力、学力、また学問の指向の問題がかなり大きかったのではないか、と思われるのが8の資料である。より祐満自身にとって問題であったことは、自らが8の如き文を草しながら、自らの欠に気付いていていないということである。

我田へ水の論

我友梅村義成は脚結に志深し、然れとも歌よむ事は稀なり　祐満は歌よむことにつとめて脚結にくらし　或時うち語合ふしつとめて歌よみ給へとすゝめけれハ　義成は脚結にからまれて歌はえ

よめす　といふ　祐満申しは　歌よまむとてこそあゆひはまなふるなれ　あゆひにからまれて歌のよめさらんにはあゆひの活の何処にか有ると義成けしきみていふ　其評は我言を浅くも聞けるものかな　脚結の活は広くかつ大なりかろ〳〵しく見るへからす　天地鬼神をうこかすもの誠の心と是をあらはす　詞の活との外ならす　よしやさる高き処にはえいたらすとも三代集の歌の深く遠き心のこもる処をもさくりきはめ今世の人の歌ともをも見聞につきて心もちひをさとり知らんとてそ脚結はまなふなり　三代このかたの集はいにしへになき変例ともまゝありて昔の人の末はしめさるよき言か其よみ人のひかよみかをも考へきよめすして昔の人の言としいへは屎尿をも賞甘する人の有なからぬはわか恥るところなり　其許も誠の歌よみにもならんとならは暫くあはく〳〵しき歌をよむことをやめて脚結に深く心をよせ意を歌によみて人に見せて聞ゆるか所謂心と言と齟齬ことなきくらゐにいたられて後こそ其論を承り侍らめと答られたるに心にあたるふしく〳〵多くて背の汗たるたり義成の言きはめてよし　世の広き祐満とおなしこゝろの人もあらんとて

北辺門は、文政十年に須賀室を設けてより、代々、四具研究と詠歌を両輪として考えて、月並歌会を運営してきたのである。須賀室と同じく北辺門の社中月並歌会、審神舎についての例は既に紹介したので、ここでは詳細しないが、永年にわたり、月並歌会では、四具（文法）も研究するものと定められてきたなかで、福田美楯の孫である祐満が有力とはいえ一門人から、その欠如を指摘されるようでは、門人中にあって主座を保つのはやはり難しい。

四、むすびに

では祐満は、まったくの平の門人であったかというと、そうではない、やはり美楯の息として、歌会では重んぜられ、京の商家では赤松祐以でなく、祐満を師と仰ぐ門人もいたという資料が6である。紙面の量も限りがあるため載せないが、大店の商家では、福田家の代々に、学ぶ側の当主も代々が学ぶ、という風潮があり、それが華道や茶道の宗匠家の歴代に学ぶことのように重んぜられた。そして、それが重厚な伝統のある学問芸術としての自負とされてきた、好学の家、代々の篤学、書香のしみた家、これらは京都という地の地域性と深くかかわるというより、むしろ京都という文化都市そのものの風合いなのであり、それを色濃く形づくってきたものの大きな要素といえるのである。

その京都から鳳輦が去り、再び還御のないまま、京が西京と改まった時から、京都は確実に次の時代の若い大きな力、すなわち人材を大きく失ってしまうのである。それだけに、旧派国学者、旧派歌人という呼称は後人の、良くいえば規範、悪くいえば賢しらであり、新時代に生きる詩人であり、学者であることは、まったく異ならなかった人々の一群もあったのである。よって、北辺門は赤松家に養子となった赤松祐以が中心となり、次の時代を担う与謝野鉄幹の父礼厳が参座したり、和歌は桂園に文法は北辺にという竹内享寿や遠藤千胤といった人々が輩出するのである。

また、時代の息吹にも、常に敏感であった証左として、さきの片々たる祐満自筆本の内の2に明治期の京都の文明開化と開明性を示す一大事業の記事を拾えるのは、何よりも興味深い。現代の京都も誇りとするこの一大土木工事の完成式に臨場した北辺門福田祐満の興奮を拾って本章のしめくくりとしたい。

明治廿三年四月十日疏水試通式を視む小児を伴て四条街を東へ寺町を北へ行　今日天気朗晴なれとも春風は稍強く三條橋上の電気架線　風搖の為に吹笛の声あり　川端道を北へ行くに紅塵天に冲り翠柳煙を添ふ　嘗て街上途中四顧従て老若絡繹方を東北に聚る人のみなる者　此街に蝟集すれは肩摩腕触して後人中人を押し中人先前人を押して歩するなきも進むへく行かさらんと欲するも得へからさるか如し　歩する事数町夷川街の東に建す　是疏水の鴨川に注流する処なり　方を南岸にとる　蓋北岸は　皇帝陛下臨幸の設とて花門を輪して通行を許されす　花門より東数十歩花弁青葉を以て巨船の形を作りたり　亦数歩東に仮殿の設有り　花弁を庇とし御章の幕を垂るゝ御休憩所に備ふるならん　此処渠幅凡四五軒はかりあり　深さは薄濁りて知れされと予て聞たるは四尺はかりなりと

〽桜花ちらしはてたる春風はをとめの裾に吹すさむ也

暫行て渠方南に廻る橋有り渡りて行　数町の間両岸に小学生徒貯立して　両陛下の臨幸を奉迎するなり　本日滋賀より水洛を巡幸あると聞しか建白せる者数百人有りて陸路より巡幸することゝなれりと隧道の中危うきと思ふ臣子の情さも有へきは謂ふまてもなく　至尊の民情を容らるゝ広き御心は近江の湖も物かはと穴かしこきことのかをりならすや　当時未た水陸の孰れなるを奨めかたきにや　専ら両岸に貯立せる数多の童男女の中　中学女校の処女らか服装の美は美なり然れ

とも紅塵の撩襲鬢髪光沢なし　新聞記者をして書記せしめは川屋の一班解語の花壇を築けりとやいはん　然れとも純粋和装の婉衆に乏しく洋装風姿の清雅にも疎く鵜の如く顔猿のことく日本のことく洋人のことく斯の如く五徳の兼備りたるや否やは知らさるも概して美人なしとみて可也　蓋編者近眼なれは説の可否は知らす多は想像に出るもの也　行こと数歩南禅松林の北に至る　此処渠の石垣未成断崖の下細流潺とし蜿曲に流る水清く掬する可也　児の彼方に到らんと　予蜘蝎す　児予か進まさるをみて断崖を飛降細流を飛跳越て其容易きを示す　蓋夜話に耳に入　檀渓に騗駛を勇めし轡にやならへるといとをかし漸南禅寺松林に到る　爰も群集人織るか如し山門前の林中纔に残桜をみる噪人瓢箪を爰に開く雅客の羨へき奥は更に見ることなし　由来当山閑門に宿り雅客探幽杖を曳く処　今日還て喧噪を止むるに到り　紅塵転襲青苔上とやいふへからん御仏をしへは塵にましはるをもとの心といふへかるらむ　本と来し道にかへる　行幸の道とて通行を許されさるは新道とか云処なり故に黒谷道より三條に出て西白河橋に至らんとする頃　炮声遥に聞こゆ音する方　蒼天を仰けは黄煙の散する下　気球顕はれて徐に風に随ふて散継て数発群鳥の飛如くみゆるあり　国旗の出るあり

　音のして煙は風にちるなへに花もすみれも咲にほひけり

暫時みて行かんとするに　還御の前駆なると警吏行人をして挨に編立しむ　既にして時刻小差せりと解停す　白河を流る水濁りて赤し川上に堀鑿余瀝の流る故也と

　岩裂の神のしわさに白川もしはし空名を流すらんやと

三條街縄手の東にて知れる車夫に出逢たるに空車なれはと進め乗らしむやかて家に帰れり

本章の資料の中心となった一冊の発見入手は、その筆跡の確認にあった、ために図16としてあげ、福田美楯・福田祐満の短冊図17・18もあげる。

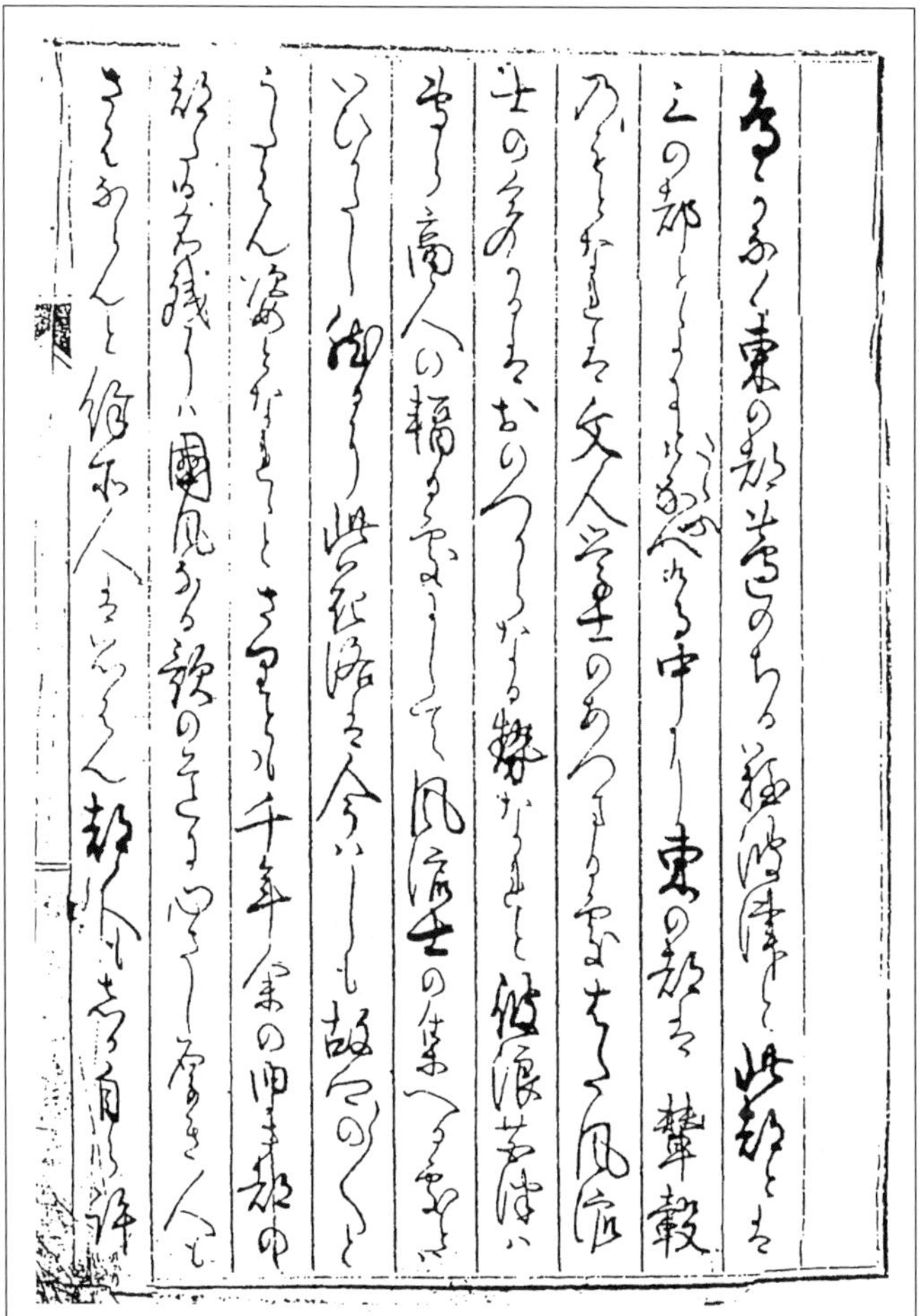

図16　（架蔵）福田祐満自筆稿本

図17　(架蔵)
福田美楯短冊

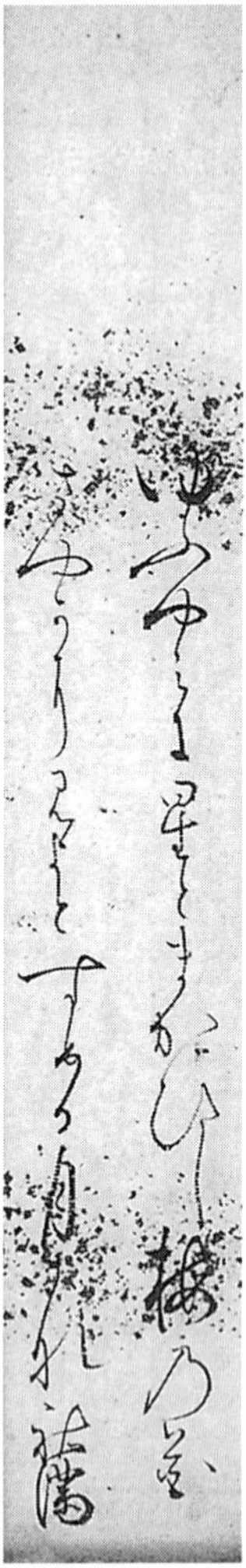

図18　(架蔵)
福田祐満短冊

第十章　明治三十年の北辺門月並歌会

一、はじめに

富士谷成章・御杖父子を祖と仰ぐ北辺門は四具（文法）研究と共に歌詠にも力をそそぎ、上方を中心に、滋賀や北陸あたりにまで大きな勢力を持っていた。

しかし、北辺門の人々の和歌について触れられた論考は非常に少ない。幾つかの理由はあって、北辺門の主流であった人々が明治初めの都東遷にも京都（西京《せいきょう》）から動かなかったことや本居派などの学者たちと異なり、大学などの教職にも就かなかったことが大きな原因であろう。近代教育制度の中でしか、近代の研究者が輩出しなくなっていくという行政的教育研究機関が確立していくなかで、官立の高等教育機関の教壇に立つことのなかった北辺門が旧派の家塾的な指導方法を堅持していては消滅していくのは当然のことであったといえよう。

混同してはならないのは、前述のことをもって御杖没後、北辺門の人々が文法研究にも、和歌にも見るべきものがない、と速断してはならないということである。富士谷家は、成章から富士谷家十代の成文、十一代の成興の明治期に至るまで学統は家学として伝わり、富士谷成章・御杖の父子の門人には俊才が少なくなかった。また、御杖没後には門人らの間に確執が起こり、北辺門のためには決して良からぬいきさつがあったが、北辺門の要として福田美楯がおさまることとなっている。天保期あたりが美楯を中心とする北辺門の門人数の拡大期のようであるが、その学派の学問的充実発展の基礎を築いたのは御杖といえよう。

福田美楯は四具（文法）研究の整理・再編にあたった学者の一人といえるが、和歌会運営は頗る熱心で、諸々に存する自らの詠草原稿は膨大なものがある。その月並歌会の運営所を須賀室と称する。須賀室の名は、富士谷御杖が

御心を須賀〳〵室は天地の
神のみために神そ造りし

と詠み、自ら名付けた室号であった。このことは、須賀室社中蔵版の赤松祐以歌集『葛絃風響』（大正元年十月十二日刊・編集人大八木萬左式・印刷所実業協会印刷部）の巻頭に載るが、文政三年の末に

人々のなさけによりて小寺町なる家にうつり住て
としの暮に
去年くれし年はことしも暮にけり
ことしにこそのひとしからぬを

と詠み、文政四年には

須賀室にすみつきての年のはしめに
やとるへき袖をえらひてうめかゝの
あらぬかきねをいさよふらしも

梅のはなわか衣手にことしより
うしろやすくそ香はやとるへき

やとすへきわか袖ゆゑに梅かゝの
にほふかきねをはゝかりしはや

の三首を詠んでいることが、『神楽文政三年辰詠藻其二　文政四年辛巳』（『新編富士谷御杖全集』第六巻・昭和五十八年三月十日刊・三宅清編纂）に見えている。先にあげた「須賀室」の和歌も、次の詞書が添えられて『葛紘風響』とは用字などが異なる。

癸未の元日ひとりことに
御心をすか〳〵室は天地の
神の御為に神そ造りし

須賀室（菅室とも）は、その後、上中下の三つに分けられて、榎並隆璉、並河基広、福田美楯の三人が、それぞれ継いだ、とされるが（『富士谷御杖集』の第一巻「富士谷御杖小伝」）、いつしか美楯が北辺門の中心的存在となっていき、美楯が嘉永三年に没すると、美楯の二男である赤松祐以が二十六歳で須賀室を継承することとなった。その後は、祐以自らの身辺の事情があって、一時は不定であったが、明治十一年からは京都松原の北稲荷町の旧宅で、明治三十六年暮冬、門人宅に移すまでの約二十五年間の長きにわたり、須賀室を運営した。

二、赤松祐以と須賀室

幕末から明治期にかけての北辺門の須賀室社中の和歌会をみていくには、その中心としてあった福田美楯と、その二男にあたる赤松祐以についてあげねばならないであろう。

福田美楯は、安政二年十月、亡師子息の名を以て、一門人であるところにも関わらずに追年懐旧の題詠を募ったことから、同門の五十嵐篤好から厳しく攻撃されている。しかし、美楯が北辺門の歌会運営の中心となり、その後継者には赤松家の養子へ行った美楯の二男の祐以が据えられた。福田美楯は、通称を吉野屋佐兵衛（左兵衛とも）、名は俊久、字は祐猷、美楯（実楯とも）、幸舎と号した。富士谷御杖への入門は詳らかではないが、御杖自筆詠草『文化十四年丁丑詠藻』表紙見返しの

同（文化十四）年九月三日

京師人吉野屋又兵衛秀邦

と入門のことが見えるのは、美楯と関わる人のことかもしれない。家業は高辻東洞院の漆器家具商というが、漆による雅楽の楽器にも縁があったようである。後に雅楽の東儀家と姻籍となっている。天明八年生で嘉永三年五月三十日没（二十九日とも）、享年六十二歳。赤松祐以門人の大八木真狭（萬左式）の自筆書留には「三十日」と明記している。自筆の詠草や稿本著述・書入本の数は膨大であるが皆散佚して、処々に分かれて蔵されている。『平安人物志』には、文政十三年板・天保九年板に所載

されている。

福田俊久　高辻東洞院東　福田左兵衛

（『平安人物志』文政十三年板「文雅」五　十二丁表）

福田實楯　字 号 高辻東洞院東　福田左兵衛

（『平安人物志』天保九年板「文雅」四十　二丁裏）

福田美楯の長子は福田祐満で、祐満が福田家を相続して、二男の祐以は二十四歳で、豊後府内藩御用達の赤松家（武士）の養子となっている。通称は熊次郎（熊二郎とも）、大学と称した。十三歳で北辺門の月並歌会に列座している。明治五年九月、県令の命により、大分郡縣社柞原神社、兼郷社春日社宮司に補せられる。国史に関する著述の意があり、その稿成って、上梓資金数百円を得るため明治八年帰京の留守中に、西郷隆盛による明治十年西南戦争に、その原稿著述と蔵書の数千巻を焼かれたため、失望し、そのまま京都にもどった。そして、前述したが、京都松原北稲荷町の旧宅で須賀室を再興し、明治三十六年暮に門人宅に須賀室を置き、自らは伏見町下板橋に住居を移して、文雅のなかに余生を送った。文政八年八月二十日生、明治四十四年四月二十五日没、享年八十七歳。生前には、晃親王、朝彦親王の召しに応じて国書を進講申しあげ、文科大学の和学講師にも推薦されたが固辞して応じなかったともいう。『平安人物志』には慶応三年板に載せられている。慶応三年板の「和歌」の部に所載は三十三名、うち祐以は十五人目に所載される。

赤松祐以　号 稲荷町　赤松大学

（『平安人物志』慶応三年板「和歌」十丁表）

先に、北辺門の和歌運営の一斑を窺う資料として架蔵本一冊について、その参座歌人たち各々と伝記と和歌に触れた別章「北辺門人と審神舎中月並歌会」があるが、同月並歌会は弘化五年の二月から十二月までのものである。因みに、弘化五年は嘉永元年と改元、同年四月二十九日は「年賀六十初度福田氏」とあって、福田美楯六十賀にあたり、四月二十九日はあるいは美楯の生まれた日か、とも考えられるが、やはり断定はできない。いずれ、本章との間をも埋める北辺門の月並歌会の調査研究に取り組む覚悟ではあるが、本章を今度、研究紹介する必要に感じたのは次の点からでもある。

須賀室社中の月並歌会をみることで、明治三十年時の京都における旧派の歌壇の動向と歌風がよくつかめる。旧派の歌人は、北辺門や桂園派、鈴屋門などの諸派・諸流の歌人たちも、その流派を越えて、残り少なくなった宿老の大家の許に参じて、月並歌会を盛り立てて維持するしかなかった、ということが、須賀室社中月並歌会から見事に浮かんでくる。また、北辺門に関わる人々や交流で、今まで不明であった人々の消息なり伝記が明らかになることなどである。

三、明治三十年須賀室月次會

本章で取りあげる資料は、赤松祐以の門人であり、姻籍にもあたる梅村三内家の旧蔵本一括の内の一冊である。

また、その旧蔵本の内分には、赤松祐以の門弟で最も師への敬愛の篤かった大八木真狭（萬左式）

の自筆写本が数多い。そのなかでも、真狭の書留一冊は内容頗る資料価値が高い。同書中の記録、「北辺成章大人百年祭記」は特筆すべき資料であるから、次に、その全文を翻字してあげる。

北辺成章大人百年祭記

準備ノ事

須賀室門之人々豫而大人百年祭催し
度数度打寄談合ノ末門人中主なる人々より
積立金をなし且又社中へも寄付金を求め弥々
廿六年四月廿三日を会日と極メ洛東有楽
館を会席と定め朝雲と申兼題を
設けひろく出詠を促し其外当地ノ宗匠
家へは取以て集揖方など頼入会日の近つく
頃には頗る繁状をなしたりき

当日装飾ノコト

席の東南床に神籬を設け床の三面へは
幕をはり山海の供物を供ふ大賀花使烝すへて
これをなす

会席床掛物　成章大人六運之図
壬生　中村篤　所持

松の間　同　成章大人折詠草
松ノ哥　笠永氏　所持

竹ノ間　同　成章御杖　短冊掛物
同氏　所持

生花は　桜山吹　大花生　壹瓶
牡若　壹瓶
雀　壹瓶
長寺　青木遊雅挿

茶席　目録ノ通
大八木徳三郎 若山楽子　松風社
催当

文題　大八木所蔵　出詠用
廣蓋　笠家所蔵　当座用
硯箱　大八木所蔵　松間床かさり

当日当坐題
　池辺疑冬
　当日有様ノ事
当日席の入口に受付を設く
　来賓見張　中川長雄
　〃　　　　木村文邦
　〃　　　　山本彦兵衛
着状書記　大幸　慧
　〃　　　竹田玉誠
手向物預　松田長教
来会者へは一〻成章大人自筆写ノ扇子
壹本つゝ及酒饌等を渡し着席を乞
　扇子ノ歌　花客
世のなかに《かつみれと》桜にまさるものそなき
そのはなとなくその客となく
烏丸四条下ル　十杢屋製
席の入口にて来会者へ一々あい拶をなす

会主　赤松祐以
副　梅村三内
来会者接待護城春草
〃　中野種夫
〃　大八木真狭
〃　大久保敏雄
其他門人中
女子接待　安川町子
幹事　笠永昌信
〃　日下部翠石

午後早々より来賓陸続到着煙草盃茶菓子等は配膳をして取扱はしめ又兼て設けある茶席へは随意入寮あらむ事を乞ふ

当日祭典之事

午後四時来会者大抵到着せる頃祭典式をあく先奏楽をなし次きに供物をそなへ献茶あり祭主祝詞を奏し会主社中礼拝玉

串を捧く
奏楽五常楽　岩田喜八
福田佐一
円山翠竹
小倉萬去
外壹名
轉供　奏楽三台塩　鳥羽重晴
調子武道
大賀花使烝
河野尚太郎
祝詞　祭主　鳥羽重義
奏楽　合歓塩
祭典終りて来会者の歌五首を披講す
披講　冷泉為紀伯
田渕法好
川村尚道
時枝誠道

来会者の内画家あり席上揮毫をなす
来会者酣を尽し點燈前散会せり

二十六年 四月廿三日しるす

右は、柱刻に「大八木商店」とあるもので、明治中期、北辺門の中心メンバーと運営がよく察せられる資料である。梅村三内は、「北辺成章大人百年祭記」でも、副会主として赤松祐以の次に名を連ねている、やはり須賀室社中の運営には、大きな力があったのであろう。赤松祐以の遺稿歌集『葛絃風響』の上梓にあたった門人は、同書巻末に「須賀室　大八木万左式　歌屋吉左衛門　井上千祥」と記されている。歌屋吉左衛門は小西大東のことである。『葛絃風響』は、赤松祐以の一周祭に上梓されたものであるから、発刊の年、大正元年あたりが須賀室社中の晩期といえよう。しかし、明治三十年代には、与謝野鉄幹の父である与謝野尚綱（八木立礼門人）や岡本宣忠（鈴屋門人）、中野種夫（桂園派・竹内享寿門人）など諸派諸流の人々が須賀室月並歌会に参座し、その賑わいぶりと華やかさは、京都でも折指のものであったことがわかる。他の年度のものも残存するが、本章では明治三十年一ヶ年分を、一冊（明治三十年一月から明治三十一年四月分までが一冊に所収である）から、全文翻刻してあげることとする。

○書誌

〈書名〉表紙無題、内題「須賀室月次会」

〈体裁〉大和綴、縦二十五・六㎝×横十九・六㎝

〈丁数〉表紙一丁、明治三十年分二十二丁、明治三十一年分十一丁〔但し、明治三十一年は一月から四月分までを存する〕・計三十四丁（墨付三十三丁、白一丁）

〈付　〉蔵印無し、終始一筆（大八木万左式自筆浄書）

梅村三内旧蔵本一括の一点

○翻刻凡例

・改行や配字は極力原本に忠実を心がけた。

・仮名は現行字体に、漢字の旧体異体もなるべく原本のままとした。

・仮名遣いと送り仮名は原文のままとした。

・濁点などは、賢しらに施してはいない。

○翻刻

明治三十年一月　須賀室月次会

花洛雪

いと木の声のみ更て都にはかつてもきかぬ夜半のゆきをれ　平野素寿

宿直してかへる宮人降つもるおほろのゆきをふみそ煩ふ　毘尼薩台巌

此朝け大路真白に雪ふりてゆきゝになやむ都諸人　拝郷喜三

さそはれて花の都に来てみれは木末白ひてゆきはふりつゝ　清水義孝

雪は添ふ大日枝おろし吹落てけさは都に花とふりしく　田所重禮

うちわたすみやこおほちのあやにしき朝きよめしてふれる雪哉　岡本宣忠
山里にふるしらゆきにかひそなきみやこは花とめて丶こそ見め　梅村三内
都路はしけきゆき丶に踏したくあとこそをしき今朝のしら雪　中野種夫
門ことに都はまつに雪ふりてはなさく春のこ丶ちこそすれ　宇野久保
山々にめなれし雪も玉しきのみやこにふれは花かとそ見む　尾嵜正吉
朝またき雪ふみしたく人もなし都大路のゆき丶しけきも　井上千祥
大宮の雪のあしたの朝きよめさかりのはなをおもかけにして　勝見義知
深沓に雪ふむ音もなかりけりにしの都のも丶しきの庭　夏目梁吉
九重にふりつもりたるしら雪は花さくはなのみやこ成けり　腰山重剛
」本文一丁表
天少女哥舞すらしかせのむた雪の花ちる九重のそら　大久保俊雄
めてすては名た丶る花の都とてあやありけなり雪のあけほの　石田新玉
つむ雪のにほはさりせは名におへる洛のふしもかひなかりけり　西村耕文
常に見る都のふしの峯の雪はなとはかりにこ丶のへのそら　松田長教
白栲に玉のいらかも磨かれてときめくむつの花の都辺　福田祐満
都人ひなさひすらし足槍の山へをこめてかつみ雪ふむ　大八木万左式
豊かなる都おほちにしろかねの玉しきはへれ雪のあけほの　安川まち子
松竹を立るかとへにふりつみてみやこ大路はむつのはなその　仝

ふれとかつはらふ山への白雪もみやこにはなほをしとこそ見れ　難波らく子
此朝け市のうゑ木に花さきてはこやの山にふれるしら雪　赤松祐以
山里はいかにさひしとなかむらんみやこにめつるけさのしら雪　日下部大彦
いつはあれとえならぬものは内日刺花のみやこのゆきのあけほの　之方
立いてゝふりさけみれはおもしろくはなの都に雪そふりける　出石秀瑛
春はみん柳さくらの錦にもまさるみやこの雪のあけほの　石川昌三郎
玉しきのみやこの雪を処からはなかとめつる冬そゆかしき　藤原春月
よもすからつもれる雪にとさゝれてあしたしつけし花の都は　貞幹　」本文一丁裏

別題　青

久方のそらに雲なくいろはえてみとりふかむるわたつみの神　梅村三内
晴わたるみ空の宮やうつるらんかゝみの浦のなみのあをきは　拝郷喜三
まきおほすものは緑に狐津姫野山の草木色にそむらん　井上千祥
とりか啼あつまのそらにあら玉のとしたつけふのいろそ見えける　松田長教
大空のみとりにつゝく山まつのふかくもいろの見えわたるかも　勝見義和
野も山もみそらもうみもさほ姫の手染なるらんみとりなすいろ　石田新玉
晴わたる朝日にゝほふ大空はかきりもしらぬ青きいろかな　西村耕文
たゝなつく青壇山のあをつゝらあをきや山のなたてなるらん　福田祐満

野も山もなへてみとりの一色にいかてそめけんこのめ春雨　大久保俊雄
大空のみとりのいろとひとつにもたちさかえたるみねの老松　腰山重剛
常磐木のかけもうつりて大井川みつのみとりも深きいろかな　夏目梁古
梓弓はるさめことにゆきとけてもゆるわかなの青きいろかな　尾寄正吉
あら浪のゆへの柴垣ゆふなれは青海原とそいふへかりける　大八木万左式
長閑なる春まつかえの雪消ておのかみとりの色そふかむる　中野種夫
青雲のたな引きはみおほそらのみとりにつゝく峯の松原　安川町子　」本文二丁表
天津そら草木のめさしわたのはらともにあゐより深翠なる　赤松祐以
大空のみとりはてなききはみまてつゝく青根のみねのまつはら　石川昌三郎
足引の山のみとりに春かすみうつれる宮そゆかしかりける　藤原春月
治れる御代にもたつる風なきてそこもみとりにすめる青海原　護城春章

當座探題

亀尾山　玉津神豊芦原のゆきかひにのりてはてけむ亀の尾の山　祐以
桂川　内日刺都にちかくなかれすはたゝよのつねのかつら川かも　万左式
常磐杜　仙人のかきなす春と風かよひときはにうたふ森の松かえ　祐満
春日野　水ぬるむ雪消の沢に若なつむ袖に御室の梅かゝそする　祐以
初瀬里　春かすみかすみのうちにこもりくのはつせの里はめつにのとけき　小西大東

吉野山　みよし野や山の梢に降つもる雪さへ花と見ゆるあけほの　耕文

宇津山

」本文二丁裏

田子浦

浮嶋原

冨士山　白雲をいたゝくみれは二十山いくかさねたる高ねなるらん　重剛

三保浦

信夫里　みちのくは名こそは関に白川や信夫の里のしのはるゝかな　日下部大彦

安積沼　雀ともなりて都やしたひけんあさかの沼のふかきおもひに　素寿

松島　みぬ人にいかてかたらん松島は絵にもふみにも写しはてなく　俊雄

遠里小野

須磨浦　須磨の浦や霞そめけり朝みれはうみ原とほく春や立けん　義知

布引瀧　山松の蔭よりおつるものからにくもの色なる布引の瀧　義孝

三津泊　わたの原八十島遠く漕出んみつのとまりに朝ひらきして　大東

吹上浜　まなく散花かと見えてふき上の浜のまさこによする白波　長教

藤代御坂　淡路島みまくよろしきふち代のみ坂の松そ世にきこえける　万左式

滋賀楽山　紅葉も桜もなくてよつの時おなしなかめの志賀楽の山　喜三

志賀浦　いそのかみむかしなからの山遠みかはらすよする志かの浦なみ　梁古

真野入江　身にしみてさひしく有か鶉なくまの丶入江の秋の夕暮　俊雄
逢坂関　鳥かねのなかきは君の御世といひて逢坂山の関もとさ丶ぬ　新玉」本文三丁表
清瀧川　落たきつ清瀧川にみつはぬの神のこ丶ろをうつしてやみん　万左式
伏見里　菅原やふしみの里を来てみれは霞の奥のをはつせの山　義孝
広沢池
神山
嵯峨野　嵯峨のはら昔のあとやいかならんなこそ流る丶たきのしら糸　大彦
宇治川　玉姫の袖のかをりを身にしめていく代に成ぬうちの橋もり　祐以」本文三丁裏
二月十二日　月次兼題　翫梅花
ひるとなく夜となく花をしたへともあかぬは梅のにほひなりけり　木村文邦
枝なから見れともあかす梅のはなみちゆきふりに折挿頭つ丶　福田祐満
花の香をめつるあまりに我宿のうめかえさへに折て見るかな　腰山重剛
うくひすの来なかぬさきに梅かえをゝりてなかめつさしてかさしつ　藤原春月
さかつきに散てうかへる梅のはなくみかはしつ丶なほもめてけり　石川昌三郎
梅かえに袖もこ丶ろもつなかれてけふも木かけをはなれかねつ丶　夏目梁古
春されは軒はのうめを友として香をれる枝を折かさしつ丶　勝見義知
髻華にさし小瓶にさしてうめの花春ひとつにはそらたきもせて　岡本宣忠

梅かえをあひかさしゝて我妹子とたくひよきかを花にしらせつ　大八木万左式
呉竹のふしみのさとの梅の花たをりそかへる見ぬひとのため　西村耕文
咲にほふ梅の折えを瓶のうちにおもひのまゝにさしつなかめつ　青木遊雅
消あへぬ雪さへ花と見る梅にけふうくひすのこゑもそひつゝ　松田長教
梅の花咲てにほへる此やとにちりすくるまて折てかさゝん　中野種夫
木のもとに見てのみあかぬもの故に折てかさしつ梅のひと枝　田所重禮
ひるは花よるはかをりとさきにほふうめに心のうつりやはせぬ　梅村三内　」本文四丁表
けふも亦梅咲にほふ木のもとにひとりめてつゝあそひくらしつ　出石秀瑛
盃にうけてをめてんいたつらに風にまかせん梅のはなかは　大久保俊雄
うくひすのぬひし花笠折かさしこゝろにほはせますらをの友　赤松祐以
ゆきゝえてはなそ咲さる梅か香に心うつして春もくらさん　貞幹
もとめても植しわきへの梅花見るにあかすて折かさしつゝ　護城春章

別題　初恋

したにのみ恋るもくるし夕つゝのほのめかさはやおもふこゝろを　俊雄
立そむるむねのけふりの行末やおもひの山の雲となるらん　重剛
かねてよりおもひそめにし恋くさのひとしら雪のわけてもゆらん　春月
昨年まておもひもかけぬことなからけふはおほえり恋のひとつを　昌三郎

難波津のよしやあし手の打みたれこひてふものをならひそめけり　梁古
思ひそむ心ひとつのたねとなりみに恋草のはえそめにけり　耕文
磯貝をえりあつめつゝ今よりはひとりうなつく恋わすれ貝　万左式　」本文四丁裏
はつかしき恋の山路の跡とめているよりはやくふみまよふかも　義知
宵の間に見しみか月に思ひそめかはすまくらの嬉しくも有か　遊雅
入始る言の葉しけき敷しまのみちしるへせよかねてくるしも　種夫
人しれぬおもひ草葉のもえそめてなみたの雨に茂るころかな　重禮
むらきもの心はるめく時の来て人をおもひの草はもえ出ぬ　祐満
いつしかとふく春風にさそはれて花に心のうつりそめけり　三内
けふよりはこひにこゝろをくれなゐのふり出の色を猶やふかめん　祐以
こひそむる思ひはみゆる小草にも日をふるまゝにしをりやはせむ　春章

当座設題　夕雲　藤原春月氏厳父物故ニ付手向之分

雲たにもゆふへは峯にかへるてふからをのこして往にしたまはも　小西大東
大空にまよひはてけりすみ満のゆふゐる雲のうきをもよほす　文邦
夕雲のかゝれるそらの雨となりおもへはをしき君にも有かな　義知　」本文五丁表
ひたすらに袂ぬるめりきくたにもあめうなりする夕やみのくも　万左式
墨満のゆふへのやまのしら雲のたちゐにしのふ君かおもかけ　祐満

すみそめのゆふへの空にありなしの雲やうきよのすかたなるらん　重剛
ありしよをいかにしのへとさわくらんゆふへのそらの雲のふるまひ　俊雄
墨満のゆふへの雲のきえうせてふるやあしたのあめはなみたか　三内
相問はあしたのゐみも夕くれのかなしのやまにかゝるしらくも　祐以

夕雲　　井上千祥氏之厳父ニ手向

世人のなみたやそらにいたるらんゆふへの雲のあまもよひして　文邦
なきひとの面かけにしにあらはれて夕への雲に入そかなしき　遊雅
袖たもとつらねて峯にゐる雲のかせにちり行ゆふへかなしも　長教
夕雲のかゝれるそらの雨となりおもへはをしき君にも有かも　義知
山端は雨ともふりて夕くれのかへらぬ雲に袖はぬれける　深古
暮はてぬさきにと山へかへりゆくくもゝうき世やいとふなるらん　重剛
おもかけは猶こそみゆれすみ染のゆふへの雲のたち居かなしも　俊雄
すみ満のゆふへの雲のきえうせてふるやあしたのあめはなみたか　三内」本文五丁裏
しまらくもはれぬ思ひか夕やみにきみか宿ちかくたちさらぬくも　万左式
時わかぬあらしの風にさそはれてゆふへの雲のいつちいにけん　祐満
定めなきゆふへの雲をけふよりはふりけん袖と見つゝしのはん　祐以

花洛雪

宮人の袖ふるかけはみえねとも朱雀大路に雪はふりつゝ　宇野祐三
雪はるゝあしたのなかめしつかにてうへこそはなの都なりけれ　同
此朝けはなにまかひてふる雪に誰あとつけん都大路を　護城春章

」本文六丁表

三月十二日月次会

夕雲雀

空にのみ声はのこりてゆふかすみわけておちくる雲雀のとけし　石川昌三郎
あし引の山よりうへに立あかり夕日まちかくなくひはりかな　清水義孝
うら〳〵とつはさかすめる夕ひはりおちこぬ空やくれのこるらん　飛騨
　杢野梢隆
西山に日はいりはてゝ大そらのくもまに高くなくひはり哉　菱田考祺
雲の上にあかるひはりの声はしてすかたはみえぬ夕くれの空　同　孝典
夕かすみたな引こめし大空をなにうれしけに雲雀啼らん　同　雪子
西山に春日かたふく空みれはこゑのみもれて啼ひはりかな　出石秀瑛
くれて行そらともしらて春かすみたな引上になくひはりかな　西池梅園
たちわたるかすみをわけてくるゝともしらてひはりの空になくらむ　村井きみ子
夕くれの霞のなかにつゝまれてひはりの声の長閑かりけり　中嶋みち子
空遠くかすみかくれの夕雲雀うつゝにかへる草のへのとこ　勝見義知

空高く啼しひはりの声やみてもとの草生におつるゆふ暮　福田祐満
入相のかねのひゝきはやみしかとひはりの声はそらにのこれり　木村文邦
野はくれてひはりの声のおちさるは霞のうへやいり日さすらん　夏目梁古
」本文六丁裏
さらぬたに心うきたつ野への空日もゆふくれにひはり啼なり　梅村三内
夕くれはあかりもやらす子をおもふひるの芝生に雲雀なく也　中野種夫
長閑さにそらおほれする夕雲雀やふのゝとこにあきやはてけん　松田長教
立わたる霞にそれと見えねともそらに声するゆふひはりかも　青木遊雅
墨満のゆふへのそらにみえわかておつるひはりのこゑのみそきく　中路隨信
暮おそき春のゆふひのかけともにおつるひはりはそらに啼也　石田新玉
いつ〳〵迠あかり行らん夕ひはり声はかすみの中にきこえて　高橋百秋
夕雲雀霞のうちにあくかれておちくる草の床はわすれし　西村耕文
大空にかけ見えぬまて声たてゝゆふへはおつるあかるひはりの　杰　康正
やよ告て子あかれやあかれ鑑櫛の夕つきのはに尾羽かくるまて　大八木万左式
春日野の人はかへりて麦生には声のみのこるゆふひはりかな　清月
春といへとさひしかりけりをち帰りひはり啼野の夕くれのそら　難波らく子
墨満のゆふへかなしき草野原おつるひはりのこゑはかりして　赤松祐以
大そらにあかりもかねて武蔵のゝ草生におつる夕雲雀哉　護城春章

夕されはひはりそおつる汝もまたなれし小床やわすれかぬらん　大久保俊雄」本文七丁表

同日　別題　黄

くらゐ山のほりかねにし人はたゝ色くちなしの袖かへすなり　昌三郎

時もとき所もところうめのみのこかねのすゝとみゆるひろまへ　三内

千歳へて一たひすむといふ川のなかれの水はたえすや有らん　種夫

いかはかりまかきの色のふかゝらしきた見ぬ庭の曽我鳥草の花　万左式

物いはぬ色の菜花やまふきもはるのなこりとつきてにほへり　祐満

よしあしを別る人のありとてもたゝくちなしのやま吹の花　長教

のとかなるゆふへの風にかをりつゝさきにほひけり野への菜花　耕文

すゝ菜さくはたのあせなる山吹におなし色なる蝶もねふれり　梁古

いくちとせかはらぬ色にこかねかもうつりゆく世ににほふなりけり　新玉

山吹のはなもにほへる玉川のさやけきころのあかすも有かも　義知

世の人はこかねの色のこゝちして野への菜の花たくはふらしも　遊雅

なかめやるなたねの花もやまふきもみちのく山のこかねなすいろ　随信

めてしそのこかねとみてや世の人のきなるいつみに入はゆくらん　祐以」本文七丁裏

うつしうゑて庭にこかねの花をみんあくかれもせぬそのきくのはな　春章

甘酒のこかねのおなし口なしもいろかをめてぬ人そすくなき　俊雄

四月十二日月次兼題　　古砌菫

荒はてしふるやの砌いはくえてあはれすみれの花咲にけり　平野素寿
咲にけりむかしはわれもすみれ草すみあらしたる宿のみおりに　中川長雄
そこはかとあれたる庭のあと〻へはこ〻そかきねとすみれさくなる　夏目梁古
のとかなる春のいたらぬくまもなき荒し庭にもさくすみれかな　出石秀瑛
ふりはつる庭のみきりに色あせすわれはあるしとすみれ花さく　中野種夫
柴の戸のいほりの庭のすみれ花から菜交りて咲そめにけり　清水義孝
いその神ふるの〻里の庭もせにむかしのはるをのこす〻みれか　梅村三内
すみうしと誰あらしけん壷すみれこけのみとりもむつましけなる　大八木万左式
むかし誰かすみれの宿のみきりそも苔むすひまにさけるゆかしさ　松田長教
軒いふり垣ねはくえぬしかはあれとむかしすみれのぬしそゆかしき　福田祐満
あれはてし庭のかきねにつほすみれありし昔をしのへとやさく　難波らく子
落つほの昔のあと〻つほすみれさくや二つほみつほ五つほ　赤松祐以

」本文八丁表

住あれし庭はむかしと成ぬれと誰をゆかりにすみれ咲らん　石川昌三郎
誰かへむ年ふる庭にむらさきのゆかりの色にすみれ花さく　尾嵜正吉
何となくいとなつかしきすみれ草すみこし人のこ〻ろおもへは　護城春章

同日別題　忍恋

いはまくのほしくはあれと山吹のころこそうけれくちなしにして　三内
物おもひいつまてとてか忍ふ草つむ人なしにくちかはてなん　祐満
かくはかりしのふとすれとこほるゝはこゝろにもにぬなみたなるらん　梁古
すみよしのいはての杜のほとゝきす世はうつきそとしのひねになく　長教
忍草摺つけきたる此ころもほころひぬへし早くぬへ我妹　万左式
いふもよしいはぬもつらしいかにせんこゝろひとつにしのふおもひを　楽子
流れても世にもらさしと思ひせてなみたの川の袖のしからみ　種夫
人めをは信夫の山のやますけのねもころなかくあはんとそ思ふ　祐以
しのふれといつか色にやあらはれんさりとていまた人のしるやと　昌三郎
しのふ身は心くるしくまよひ出てけふもあやなくかへるみちしは　正吉
しらしかしいひしいてねは明暮にしのふの露にぬるゝ衣手　春章
いかにせん軒のしのふの露なりと人にはいへとおつるなみたを　俊雄

」本文八丁裏

同日通題　麓花

消のこるふもとの雪とおもひしはさき重れるさくらなりけり　長雄
つくはねの麓のさくらさきにけり花のしつくの田井かをる迠　春章
音羽山ふもとにさけるさくら花けふもくらさん家路わすれて　義孝
おとは山やまのかひより見わたせはみやこは花のさかりなりけり　康正

さほ山のおくゆかしくそおもほゆるかすむふもとの花しにほへは　祐満
人はみなすきかてにするまさかりのはなをはみわの山もとのさと　長教
分のほるふもとの花にあかなくにひと夜やとりて奥は見てまし　祐以

古砌菫

あれにけるやとはとひくる人もなしひとりすみれの花はさけとも　大久保俊雄

」本文九丁表

五月十二日月次兼題

杜新樹

五百枝千えはひこる楠のふかみとりしのふのもりは若葉繁りて　石川昌三郎
若葉さす信田の森はかけ涼し千枝にわかれて風やふくらん　中川長雄
今朝よりは涼しき風やかよふらんわか葉をならす木からしの森　木村文邦
おしなへてまた夏薄き若みとりもりの木陰ははつせみの声　清水義孝
早をとめの田うたの声もちかつきぬたなかのもりは青葉茂りて　夏目梁古
あたなりと人のいひしをさな〳〵とときはにみする杜の葉桜　梅村三内
事しけきもりのわか葉に夏のめのかみのこゝろのみゆるこの頃　大八木万左式
三つ枝さしわか葉しけりて柏木のもりもをくらき夏立にけり　護城春章
神こゝろみつ〳〵しくもみゆる哉若はにはゆる朱の玉かき　福田祐満
年樹にときりおろしたる古枝よりまたわか葉さす柏木の森　大久保俊雄

わかゝへてみとりの錦おりわけり夏もふたつのもりのこすゑは　松田長教

藤のもりこ陰もくらく茂りあひてわか葉の風のふくそ涼しき　青木遊雅

夏の来てつま木の道もわかぬ辿しけるはゝその杢の下陰　西村耕文

」本文九丁裏

片岡のもりにあさ日のてりそひてわか葉にゝほふ露のすゝしさ　勝見義知

豊国のもりの若葉のしけりあひてときはかきはの松にたくへる　小林耕文

常に見ぬみとりの山となる辿にしける廣葉のかしは木のもり　中野種夫

みつ〳〵しかをりあひたり久方のてる月よみのもりのかつら木　尾嵜正吉

いつしかとみとりにかへし衣手のもりくる風そすゝしかりける　藤波楽子

かすか山こすゑの藤の花ちりて見かさのもりは青葉すゝしき　赤松祐以

吹風に露もこほれて若葉さすあしたのもりのかけそ涼しき　宇野祐三

いまはゝや花のこすゑに夏の来て青葉の杜と成にけるかな　出石秀瑛

別題　赤

敷島のやまとこゝろはみかきつゝみくにのために色にいてはや　昌三郎

里の子か末輪となりしくれなゐのふり出の色そ世にたくひなき　土佐 倉知瑞枝

いなり山木々の梢はもみちして朱の鳥居にゆふ日かゝやく　大塚恭斎

くもりなきこゝろの友と植にけり垣内の畑のくれなゐの花　中島兼治

」本文十丁表

かけろふの夕日にゝほふもみちはの色にこかれてましら啼也　児島　環

孕かたきしの紅葉の蔭とめてゆふ日につなく朱のそほ舟　伊藤乗興
同し色に匂ふなりけり折かへるをとめ子か裳につゝしのはな　常山勇哲
夕日さすもみちもあれとますらをのあかき心にしくものそなき　桑名淳素
目に見えてかゝやくものは敷島のやまと心のいろにそ有ける　依岡珎麿
紅葉をてらす夕日に山柿のみさへかしほの色そ見えける　日比野政起
軍人むれゐる山の花つゝしなひく旗手のいろと見えける　永吉宗幸
学家に日ことにかよふをさな子のあかきこゝろのたのもしきかな　葛目うめ子
あかねさす入日のかけにてらされて色をふかむる庭のもみち葉　小林亀井子
かけろふの夕日にゝほふ紅のやしほのをかのにつゝしの花　下村秀子
紅葉のちしほにゝほふやまのはにひもいりあやのくれなゐの雲　高橋幸子
みえねとも君のみためにあらはるゝこゝろあかきはやまと国ひと　種夫
うなゐ子かつとへる野への夕日影かせひるかへす紅ゐのすそ　西村耕文
あせやすき人のこゝろの花の色をうへもあかしといひ始めけん　俊雄
あかねさす日影のいろもくれなゐの末つむ花にてりまかひつゝ　長雄
茜さすあかしのうらの朝なきにあかめつるとて出る蜑の子　祐満
」本文十丁裏
うるはしき男なしけん蚶貝はかひある名にそよひとゝなふる　万左式
いはつゝしいはてもさきて紅ゐの色にいてけり池の水さへ　長教

九重のみやこひらきしすめらきのむかしをのこす紅ゐのみや　義知
朝日さす影にはえます岩つゝしなにゝたとへん色の赤きを　正吉
大井川いはねこかして咲にほふあかくもあかき花つゝしかも　遊雅
いたゝきのあかきにはみてあから行朝日にむかひつるなきわたる　春章
あきらけく海路をてらすつくよとは豊はた雲の入日にそしる　三内
池の面に波うちよせてくれなゐのふり出の色につゝし花さく　小林耕文
茜さす朝日のゐみともゆる火とやしほのふり出山のもみちは　祐以
夕日かけてらす岡への花つゝしもゆる火とこそあやまたれつれ　陸奥南津軽郡上十川　宇野祐三

」本文十一丁表

六月十二日月次兼題

螢過窓

書まなふ窓のとすくる螢にそむかしの人のしのはるゝかな　石川昌三郎
ほたるにもはちて面なしおこたりのくらきまなひの窓てらす夜は　与謝野尚綱
草ふかき宿はほたるも窓の内にいりて飛かふ夜半もあるらん　中川長雄
窓のうちの硯のうみに涼しくもかせをのこしてゆくほたるかな　木村文邦
雨にぬれかせに破れて夏むしを見るまとおほき我すまひかな　夏目梁古
姫ゆりの露にわかれて飛ほたる野守の窓のかせのすゝしき　清水義孝

ゆふかせに光みたれてすゝしくも窓の外高く螢とふなり　出石秀瑛
いなつまの光と見えて行ほたるおろさぬまとに思ひあまりて　梅村三内
若葉さしをくらき庵の窓のとにこゝろありけのほたる飛かふ　中野種夫
玉のことてりかゝやきてとふほたるうちへとまをすまとにすたけは　大八木万左式
求めえぬまとの火種のつとへるはふみよめかしとてらすひかりは　護城春章
すきかてにほたるとふなりあはれわか昔あつめし窓をてらして　大久保俊雄
夏ふかみ窓のをくらくなりぬとてあつめぬ螢とひかはすなり　松田長教
里の子の呼つゝすくる窓のとにすましかほにもとふほたるかな　森　康正
夕かせのふきのまに〳〵とひすくるほたるの窓にうつるすゝしさ　尾嵜正吉　」本文十一丁裏
宵のまは露かとみしもとふほたるひかりかゝやくよもきふの窓　勝見義知
学する窓うちすきてゆく螢またゝちかへる庭のさゝ葉に　小林耕文
草ふかき学ひの窓をゆくほたるまたもかへりて露ふくむらん　文雄
飛ほたるこゝろ有けりおこたりてあつめぬ窓とこゝをすき引　福田祐満
宮姫のみをゆくおもひあくかれてほたる飛かふ落くほのまと　赤松祐以

日　別題　聞恋

人伝にきゝにしまゝにおもかけもしらてこひつゝ身をかこつ哉　昌三郎
おもはぬをおもふ恋路のみち絶てよそにきくこそ命なりけれ　尚綱

聞しよりこゝろにゐかくおもかけのあやしやいかて身にはそふらん　梁古」本文十二丁表
みぬ人のそのおもかけを人つてにきくまそ恋はたのしかりける　文邦
見まほしとこかれましつゝ蓮池のかはかり人の何をきくらん　小林耕文
なつかしな雲ゐのよそにかたらへる声のみそきく山ほとゝきす　長教
山かはのたつ白波の音にきゝこひわたりぬる背々の岩はし　正吉
ふきかよふこゝろもそらにおとは山おとにのみきく松かせのこゑ　三内
松にふく風は緒琴にかよへともめには見すして音にのみ聞　種夫
夜もすからゆきゝの人の笛のねをきくよりぬらす袖そつゆけき　義知
きくたひに恋ふるはかりそさをしかのつまとふ声にま袖ぬらして　春章
ほとゝきす汝かなく声をきゝしより心そらなる恋もするかな　俊雄
うまし女の有りと聞ては神たにも千里のみちもかよふならひに　祐満
おなし世にありとはきけと逢ことのくもゐはるかにいかてなりけん　祐以」本文十二丁裏
同　別題　夏草露
こと草をしのきてほこる鬼あさみ花もつゆゝゐあはれとそ見る　尚綱
夏草のしけるかまゝに露置てみち行人のたもとぬらしつ　康正
おく露のひまにもおもへわすれ草なつとゝもにもしけりあひにけり　万左式
朝露にやつれてたてりなかれ洲にひとりにほへる川原なてしこ　梁古

あけやすき夏の夜頃の朝露のまたおきなれぬ庭のよもきふ　長教
夏草の露ふきみたる道のへのこゝろもすめるけさのすゝしさ　義知
草野姫かさしの玉とおきはえてつゆにゝほはすさゆりなてしこ　三内
なてしこの花のうへなるしら露はたるなみたより置やしつらん　文邦
はゝき木のかけにおひたるなてしこにおくやめくみのつゆのしら玉　俊雄
わかやとの軒のしのふに置露のたまの光りはすゝしかりけり　義孝
旅人のあつれしめらふ衣手をまたうちぬらす野への夕つゆ　祐以

」本文十三丁表

七月休会ニ付同日ニ出詠之分

湖納涼

すゝしさもほとこそしらねこきいてゝ寒さおほゆるしかの水かみ　梅村三内
からさきの杰ふく風のすゝしさに夏のさかりは立よられけり　出石秀瑛
しかの浦を漕出てみれは沖つかせふけとふかねと涼しかりけり　赤松祐以
諏訪の湖やこほり《れる》冬はいさしらすゆふ浪たつる風そすゝしき　石川昌三郎
さゝ波に秋やよすらん夕かせの吹上の濱は夏としもなし　三河 石川信榮
さゝ波や志賀のうら杰風さへて夏としもなき夜はの涼しき　同
ゆく舟に影さす月の隈もなくみるも涼しき志賀のうらなみ　勝見義知
冬の日はこほりにほこるすはの海ふく風すゝし夏の夕くれ　護城春章

志賀の浦やわれも打出の濱つたひかへさ忘れぬ風をすゝしみ　福田祐満

さゝ波の音さへそひてすゝしきは志賀から崎の枩の下かせ　田所重禮

「本文十三丁裏

同　別題　白

霜雪をおきてみつれは中々にくろきすちなくおつる瀧つせ　三内

九日はちかつきけりと椙札のわたわかおもふ白にかりてきせまし　万左式

浪よする濱のまさこにあらなくにしら〳〵しかる人のこゝろか　祐以

しもこほるうへにもふれる薄雪に有明の月のかけしらむなり　昌三郎

ふるゆきのいろもおよはしいくそたひ霜おく鶴のはふくも毛衣　春章

すまの浦や濱の真砂路しろたへにてる月かけの光そへつゝ　義知

調布さらす処女かはきに笑ならんうの花にほふ岸の川なみ　信栄

波にとふ川辺に月の影さへてゆきかとにほふきしの卯花　同

翁さひかしらの雪そ駿河なるふしのしらゆき神さふるゆき　万左式

筑は錦みちのく紙につゝむともあにしかめやも越のしら山　祐満

「本文十四丁表

八月々次兼題　薄訓袖　九月取違

はつ尾花まねく真袖にたえまなく風吹そへて浪そたちぬる　加賀人　石川昌三郎

招く手のそてとみゆらん花すゝきほやさす月に物思ひして　有次

花妻と名にたつ萩に風ふけはしのゝ小すゝきたもとふるみゆ　福田祐満

穂にいて丶まねく一そてはつ尾花をちかた人をおもひはてしと　護城春章
まつら山ふもとの尾花さよ姫のまねく袖かとみゆるあきかせ　梅村三内
しつか苧をくるすの小野の糸すゝき袖もたわゝに秋風の吹　勝見義知
賣比の野のすゝきおしわけいにし妹のそてかあらぬか風になみたつ　大八木万左式
うちまねく袖かとそおもふ花すゝききりのまかきにみえみみえすみ　大久保俊雄
はたすゝきくめの壮夫か招くとて袖にすからは手やはきられん　赤松祐以
いもか垣ゆふへのかせにうちなひく尾花はまねく袖とこそみれ　宇野祐三
いつかたにやとりさためん秋野はまねく尾花の袖そおほかる　田所重禮

」本文十四丁裏

同　別題　見恋

逢ことはなにゝたとへん岩代のまつにかひなく見るよしそなき　昌三郎
あしのやのなたのあま人ことゝはむ三日あかるとてそてぬらすやと　春章
よそなからみつのみさおの澪標しるしも浪に袖はぬれつゝ　俊雄
さきそむる野へなつかしみ女郎花見すは心ものとけからまし　三内
小筑波のみねともいはぬ君をみてこのもかのもにたつきもとむる　祐満
今日こそはかすかのゝへの忍ふ草かけし詞もみたれわひぬれ　義知
あちきなやみるはみぬよりまされるを見しとおもふにおもかけにたつ　万左式
如何にせんあふことなみに袖ぬれてこひの奴はみるめかるあま　祐以

かねてよりこふるみやこの手弱女のやさし姿を見んよしもかな　祐三
あちきなやみるは見ぬよりまされるをみしと思ふにおもかけにたつ　」本文十五丁表

九月十二日月次兼題

寝覚虫

転寝のさめし枕に鳥むしのねにこそしられ秋のあはれを　石川昌三郎
さもこそは夜寒に侘てなくならめ寝覚さひしくこほろきのなく　与謝野尚綱
蟋蟀たかおもひかはかはかりのねさめは我も人につけまし　大八木万左式
寝覚には聞こそまされ呉竹のふしおもしろきむしの声々　沖縄 高田穂浪
草枕かりねの夢をやふりつゝ妹か垣ねに啼虫のこゑ　〃前田彦二
きり〳〵すおもひ余りて鳴ぬらんねさめこゝろそかなしかりける　〃佐久本嗣順
啼むしの声にねさめてこひしきは見はてぬ夢のゆくへなりけり　〃護得久朝貴
小夜更て寝さめわひしき我庵に人まつむしの声きこゆ也　篤敬
くさまくら秋の長夜を幾たひかねさめの床に虫の音そ聞　〃高木太郎
秋のよのおもひくらへかきり〳〵すねさめの床に鳴しきるなり　〃篠原政禎
行暮て野守か庵に宿る夜の寝覚淋しき虫のこゑかな　〃山口惟盛
鳴声の暁かたに聞ゆなりかきねの虫もね覚しつらん　〃田中直次
打しきるきぬたの音にねさむれはまくらにひゝくこほろきの声　〃中村　正

長月のなかき夢さへ覚はてゝ聞もかなしき虫の声かな　〃稲田近雄　」本文十五丁裏
物おもふね覚のまとにきこゆ也あられをそふるむしのこゑ〳〵　〃　俊民
長きよのねさめに物をおもはするきり〳〵すまた松むしの声　護城春章
東雲のねさめに虫の声たかくみにしみわたるあきのしつけさ　勝見義知
秋のよの床は松むしすゝむしの声をねさめの友とあかしつ　青木遊雅
寝覚する秋の夜床のさむしろになみたをもらすまつ虫の声　有次
夜をのこすねさめそつらき秋のよをこゑわひしらにむしの啼也　中野種夫
小夜深み荻吹かせにねさめしてなくさめかほにまつ虫のなく　清水義孝
いくたひか鳴おこすらん九月の長き夜わふるむしの声々　腰山重剛
手枕の夢おとろかす長きよのねさめの友のむしのこゑ〳〵　梅村三内
ひとりねの寝覚さみしき手枕になか夜をかこつ虫の声々　小西大東
月あかしとく立よとや轡むしねさめをわふるわれに告らめ　松田熊夫
秋夜はものそわひしき虫の音に夢も見はてすね覚のこして　大久保俊雄
ねさめては数まさりせり虫の声枕につきし時はきかぬも　福田祐満
かせ寒みねさめてきけは蟠蟀あさのさころもつゝれとそなく　赤松祐以
わひしくも聞えける哉小夜ふけて寝覚のとこにむしの声々　宇野祐三
老楽の寝覚の床のさひしきにあはれをそふるむしのこゑかな　田所重禮　」本文十六丁表

同日　別題　黒

梟におそはれぬらしぬは玉のやみ夜もわかす鴉なくなり　祐三

くれわたるゆふ山陰のをくらきに野飼のうしの今かへる也　昌三郎

耳にしてめにも見えぬはやみのよにやとるからすのまとふ声かも　尚綱

雨雲をわきつゝ沖に黒舟のくろきけふりをたてゝ行なり　重剛

から国の人のこゝろのくまをもて烏にかきしもしを送れり　三内

後れつゝかへるからすの夕やみにおのか隣やまとふなるらん　熊夫

陰くらきふもとの森のゆふやみにねくら求むるからすなくなり　春章

烏羽にかく玉章のもとゝへはひとのこゝろのくろきなりけり　祐満

黒御髪ひとつものなる柴葛やとのまかきにはひこりにけり　万左式

古のふみののこりてきえせぬはときはの炁の煙なりけり　種夫

人こゝろしら〳〵しきをいかなれはあなはらくろといふには有らん　俊雄

更行はやまかけくらきぬは玉のくろけのこまの夜半の足なみ　義知

」本文十六丁裏

天空のたちかさなれる暗の夜をうみの渚に烏賊のふく墨　祐以

逢坂のせきともいはす夜をこめてくもゐに引かかひのくろこま　高知 前田元幸

笛の音にそれとこそしれぬは玉のくらき海路をかよふくろふね　〃 常山勇哲

ふる雨にかゝり火きえて五月闇くらはし川にう舟さまよふ　依岡弥磨

ぬは玉のやみちをあゆむことひ牛そことも見えす鳴声はして　大塚恭斎
おそ人は黒酒をのみておのかし丶はらのくろきもあらはしにけり　中島兼治
かきくらし黒かみ山にふる雨のやみちにまとふむらからすかな　伊藤つせ子 七十九歳
かきくらしあやめもわかすふる雨にねくらあらそふ夕からすかな　嶋田久寿子

十月十二日月次兼題　山路霧

うす霧のか丶る山路をゆく人の菅笠はかり見えかくれしつ　石川昌三郎
栗ひろふ賤かをとめも夕霧にかへるさまとふやみの下みち　木村文邦

」本文十七丁表

鹿のなく山路のきりの深けれは下にきこゆるそまひとのうた　清水義孝
わけのほり見れともみえす箱根山いつのうなはら狭霧こめつ丶　大八木万左式
みねの霧たつやふもとの夕霧に道まとふかし秋のたひひと　梅村三内
人にあふと思ひかけきやゆくりなしあさ霧ふかき宇都の山こえ　福田祐満
たとり行うつの山みちうきまよふ朝きりふかくたちてこもれは　護城春章
足曳の山わけころもしめるまて秋おりふかし岩のかけみち　大久保俊雄
旅人のいそく山路に霧こめてそこともしらす迷ひぬるかな　森　康正
陵おくの末のまつ山かくやあらんきりのた丶よふ峯のかよひち　松田久万越
峯たかみ山やいつこと見えわかて麓もくらききりのした路　勝見義知
みねをのへそことも見えすあさほらけきりたちのほる山のかよひち　西村耕文

いと丶しく谷より昇る朝きりにゆくてにまとふ木蘊の山道　赤松祐以
しひてなほ過てをゆかん君道に霧のみ中のあきのやまみち　中野種夫
たひころもたち迷ふなり夕霧のふかくこめたる小夜のなかやま　田所重礼

」本文十七丁裏

同日別題　尋恋
あふまてはいかになきさの捨て小舟たよるかたなくわひわたるなり　昌三郎
よしやさはたつきなくとも我ためのみわの山もといさやとひみん　祐満
たつねいるよしの丶おくの山さくら霞につ丶む花のゆかしき　三内
見まほしと思ふこ丶ろをさきたて丶たつねやをまし峯の初花　春章
たつきなみ尋そわふる恋の山見まくほしさのこ丶ろまとひに　俊雄
逢見すもこ丶ろしのふの草しあらはやま路を分てたつねこそせめ　久万越
尋ねきし人にあふみのちかけれとつらくもとさすあふさかのせき　耕文
石占のしるしたのみてこ丶ろさすかたにやいもかありとたつねん　祐以
逢にもほの見てしより心あてのやまちたとれとみえぬは丶き丶　種夫

」本文十八丁表

同日　探題
十二梅告春近　か丶るへて春ほと近みうなゐ子のゐまふに丶たる梅のふ丶みや
祐満
二遠山春月　しら雲のか丶ると見えし遠山の花こそひかれはるのよの月

三見花述懐　開前にこゝろさわきぬ花見れはもの思なしと誰かいひけん
久万越

五盧橘薫善　昔おもふいかなる人のすみぬらんあなかくはくしき軒の立はな
俊雄

六水風如秋　風かよふ影もすゝしき深山木の上にはしける谷川のみつ
三内

七野外萩露　野に咲て萩《しか》の花こそうかりけれねになく虫は露にぬれつゝ
義知

八叢近聞虫　都人撰へるむしの籠にまさるこゐきく草のいほにしかめや
義孝

九月照紅葉　くれなゐのやしほに染し紅葉の濡色てらすよはの月影
種夫

十霜鶴在洲　霜かれの洲さきのあしをふみしたき鶴の毛衣寒けにもなし
耕文

十一寒夜埋火　掻おこし炭さしそへて股長に雨火忘るゝ埋火のもと
文邦
万左式

一鶯有庵音　世はなへて春に成ぬときく人の心うきたつうくひすの声　祐以

四更衣惜春　夏衣日にけにとほくなる春ををしむこゝろのえやは忘るゝ　康正

」本文十八丁裏

十一月十二日月　次会兼題

朝寒蘆

磯際のなみもこほりてむらあしのかれはそよきて朝かせのふく　石川昌三郎

あさな〳〵冬に入江の蘆のは、霜と雪とにかれふしにけり　中川長雄

朝しもにやつれにけりな難波津のさひ江にのこるあしの一むら　木村文邦

鶴のすむあし辺はかれて朝霜にわかのうらわも淋しかりけり　夏目梁古

難波かたこほる入江のあさかせにかれはのあしのともすれのこゑ　森　康正

昆陽の池の小すけに交る芦のほに今朝置そめし霜のはつ花　清水義孝

ふりつもる雪しみこほる朝風に霜かれはてつなには江のあし　梅村三内

あさな〳〵霜おくあしを浦風のかれふすまてと吹すさふらん　中野種夫

霜こほる真野の入江のかれあしのさやくもさむし冬のあさかせ　護城春章

置露の霜と凝たる朝風にちりみたるゝはかれあしのはな　松田久万越

わかのうらや蘆のはそよくあさ風にたまつしまえにみかく八重霜　西村耕文

あさ日さし置つる霜は消はてゝふしたる蘆そいとゝ淋しき　福田祐満
霜かれてこやあらはにも見ゆる哉あさ明さむしあしの八重ふき　大久保俊雄
あしのはゝ霜かれはてゝ朝かせにみきはそこほる昆陽の池水　赤松祐以」本文十九丁表
浪花江や宵のあらしのあとみえてけさをれふしぬ霜のむら芦　田所重禮

同日別題　紫

春されは色をふかめてうら〳〵とうらとけそむるふちの花ふさ　三内
むらさきのゆかりのいろの深しとやなかれもにほふきしの藤なみ　春章
誰人かきてぬきかへん藤はかまこきむらさきに野へはにほひて　同
布施の海のありそに深き紫のはなのふし浪幾世たつらん　種夫
うへもなきたれにゆるしの藤袴ゆかりの色のなつかしきかな　昌三郎
世はなへて偽そとはしるやいかにから紅をうはふいろなる　久万越
久かたの雲のはやしの法の声ゆかりも深きむらさきの野へ　耕文
誰かめにも花にこそ見め宮人のはつもとゆひの御門まゐりは　梁古
菊の花うつろふみれはむらさきはしろきをうはふ物にそ有ける　祐満
わきも子にすみれあふちと聞たにもゆかり嬉しき色ならすやは　俊雄」本文十九丁裏
武蔵野の草のかきはもあはれ也たゝひともとのむらさきにより　祐以

同日　探題

朝時雨　あから引あしたの雲のたちまひにしくれてあくる冬の山里　祐以
夕落葉　そよとのみ音たてそめて紅葉ゝはかはたれ時に散はしむらし　廣知
野寒草　祐満
河千鳥　霜の夜のまさこち廣く月かけにかも川千鳥をち返り鳴　梁古
夜水鳥　水鳥の汀にさわく声す也こよひも池や氷はてけん　長雄
冬月冴　小夜更て空さえわたる月影のまとにさし入冬の寒けく　耕文
屋上霰　風さえてふるやあられも山さとは苔むすかはら音の静けく　義成
庭初雪　さえ〳〵てよをあかしつゝけさみれは庭面につもる木々の白雪　一井縣山
遠炭竃　行てみぬ北山つゝき冬されはけふり立なり峯のすみかに　康正」本文二十丁表
向爐火　みそれふる夜半のあらしもおもほえす冬としもなき埋火の元　春章
寄鏡恋　神代より月の鏡はてらせともわかおもふいもは見えもせなくに　義孝
寄莚恋　敷てまつとふのすかこも糸よわみ君きまさすてやれみたれつゝ　種夫
寄帯恋　朝な〳〵こしにむすひし丸おひのとけぬや君か心ゆかしき　文邦
〃糸〃　こゝろさへまたしら糸のあた人にむすほゝれつゝ思ひみたるゝ　久まを
〃鐘〃　しるらめやひとりこゝろにこもりくのはつせの寺のかねて恋ると　大東
関路難　逢坂の関のあとのみのこる世はとりのそらねもかひやなからん　種夫
山家嵐

由家水
古寺灯　見しことのうつゝも夢ともし火のかけにさとりてすめる法の師　春月
名所市　東路の矢矧の市にかふ沓のあしとく過る月日成けり　俊雄　」本文二十丁裏

十二月十二日月次會

冬神祇

今朝はしもきねかかよひしあとはかりいかきに見ゆる霜のあけほの　石川昌三郎
神垣の霜夜にうたふ声すなりひかきのかつらくりかへしつゝ　中川長雄
宮人の長門の海の若めかるぬれつゝ神に手向けなるなり　清水義孝
庭火たくあたりにつもる雪のみか神のこゝろもとけわたるらん　腰山重剛
降つもる雪の八重垣つまこめにこもりますらんすさのをの神　同
みやつこかとる柳葉に霜さえてうたふ声さへ空にすみけり　田所重禮
石上ふるのみやしろさえ〳〵て雪ふりつもるたかまとのやま　梅村三内
神の世の手ふりのこして舞ならんかせのゆらかすきしのひめ松　護城春章
きねかうつ皷の声す霜さえてひとよめくりのあけの玉かき　内藤玄祐
手まふる神のやしろのかたそきのうちとをわけてつもるしらゆき　西村耕文
千早ふる神かき山に来てみれはおく霜しろしみねの榊葉　木村菊溪
神さひてゆゝしくも有かみつかきにてるや霜夜の月のさむけく　大久保俊雄

いさきよき神のみ心みてもしれふりつもりたる雪のしら山　中野種夫
すはの宮歳見の祭いそくらし伊勢のおほ幣たてまつるとき　大八木万左式」本文二十一丁表
わひしきをなへてならひの冬夜ににきはひまさる神遊ひして　福田祐満
山嵜や八幡の宮の細男いそくもあるかかみのあそひに　赤松祐以

同日　別題　折恋

ひとすちにいのるこゝろは神そしるいつかあふせの時もあらんと　昌三郎
玉ちはふ神もいふせくおほすらんいのちはものといのるいのちを　春章
うちつけに人にはいはぬわかおもひ神にはいのるくちこはきまて　万左式
契りては絶しとおもふ玉の緒のすゑなかゝれと祈るはかりそ　種夫
あはされは逢見まほしくあひみてもかくて千世もと祈こそすれ　祐満
おろかにもうけすと神をかこつらんいのるこゝろのくまをたつねよ　三内
こひ〳〵てわたりそめてき木ふね川かみもいさめぬ道とし思へは　俊雄」本文二十一丁裏
いかにせん祈るもくるしかたそきのゆきあひとほき身こそつらけれ　耕文」本文二十二丁表
はし姫に幣とりしてしいのれともわれをまつといふ神憑もなし　祐以」本文二十二丁裏

（空　白）

四、与謝野礼厳と須賀室社中

一例として、与謝野鉄幹の父である礼厳法師をあげつつ先の資料をみていくこととする。先資料で、あがる礼厳法師の和歌は全部で五首で抄出すると次の如くである。また、礼厳の名ではなく尚綗の名であがっている。

ほたるにもはちて面なしおこたりの

くらきまなひの窓てらす夜は　(題「蛍過窓」・六月二十日月次兼題)

人伝にきゝにしまゝにおもかけも

しらてこひつゝ身をかこつ哉　(題「聞恋」・六月二十日月次別題)

こと草をしのきてほこる鬼あさみ

花もつゆゝゑあはれとそ見る　(題「夏草露」・六月二十日月次別題)

さもこそは夜寒に侘てなくならめ

寝覚さひしくこほころきのなく　(題「寝覚虫」・九月十二日月次兼題)

耳にしてめにも見えぬはやみのよに
やとるからすのまとふ声かも　（題「黒」・九月十二日月次別題）

右の五首は、与謝野寛編発行『禮厳法師歌集　全』（明治四十三年八月五日刊・新詩社発行）（平成五年十月一日刊復刻版・加悦町長西原重一編発行・加悦町発行・付冊に中晧「與謝野禮嚴　人と歌」平成五年十月一日）にも未収録であるが、歌人としての礼厳についての論及は永岡健右『与謝野鉄幹伝―東京新詩社成立まで―』（昭和五十九年一月二十五日刊・桜楓社）や中晧『与謝野鉄幹』短歌シリーズ人と作品3（昭和五十六年二月五日刊・桜楓社）などにあるように、八木立礼に学び、本願寺の園美蔭とも親しく（園美蔭については、拙稿「幕末明治京都の文人―与謝野鉄幹の父礼厳と園美蔭」・「中外日報」昭和六十三年三月七日付所載、『京大坂の文人―幕末・明治―』一九九一年七月十日刊、和泉書院所収に、その若干をまとめた）、和歌には専心の風雅の人であった。また、明石博高を中心とする京都の文明開化につとめたグループの周辺人の一人としても礼厳は評価されているが、そのグループの木村得正や博高も和歌を本格的に学んだ人々で、そうした和歌会も運営されていたようである。かかる経緯のなかで、明治三十年は礼厳七十四歳にあたるが、翌年の三十一年八月十七日に没しているから、最晩年期の歌道専念の一斑が窺えることと、従来は指摘されることのなかった、赤松祐以主催の須賀室社中月次会への出会が明らかになったことは、明治期の旧派歌壇の状況を考える好資料ともいえよう。

五、むすび

京都では、旧派歌人は、門流・派を越えて、みな邦光社へと寄せられていくが、それらの一つであった北辺門は他派からの流入を許しながらも、やはり独自性は強かったようである。その大きな理由は京都の『日出新聞』和歌欄の選者を赤松祐以がつとめるといった開化期の公開性・ジャーナリズム性を持ちながらも、和歌詠作と共に、必ず、富士谷成章・御杖以来の家学である四具（文法）研究に固執専念しつづけたことが考えられよう。難解とされる四具研究の学術用語を駆使して、北辺門末流の人々が、種々雑多な研究書の編著に励んでいることは、驚意に値する。

架蔵となった梅村三内旧蔵書も、その内分の大半は、三内自らの四具研究の末書の編著類で、内容は大同小異なものもあるが、書名や分類・編述方法は他には見当らぬものばかりである。それらについては、別稿で紹介したい。

四具（文法）研究と共に月並歌会が興行されるのは、文政年間から嘉永三年までの『須賀室社中月令歌集』（架蔵）（存十六冊）に明らかで、これについては、既に別章「北辺門人と審神舎中月並歌会」で触れた。

また、さらに北辺門の明治期の存在を考えるうえで、キーとなるのは、西本願寺など仏教系宗門が京都から居を変えなかったことで、諸派宗門寺院は江戸時代は門跡や准門跡などとなり、坊官を置き、公家と変わらぬ制度を設け、その寺院やそもそも下位な公家でもある神主家の神社には福田美楯・赤松祐以父子の門人が数多くおり、東京遷都に移るわけにもいかない寺院・神社は、その旧時代的な要素の濃い役職の人々を丸抱えにして旧都（西京）に残ったと考えてよいであろう。

現に、先述『日出新聞』の撰者には、赤松祐以の外には、与謝野鉄幹が第二期「明星」に五回連載で書いた「兄」のなかで「歌人で父の友人であった」という園美蔭があたっているが、園美蔭も西本願寺に仕えた人で寺侍であったかともいう。

以上をもって、明治三十年の北辺門月並歌会の資料を用いつつ、京都（西京）における旧派歌人群のなかでも、最も特色のあり、その中心の門流一派の一つであった北辺門の人々とその周辺人を浮かびあがらせ明治期旧派歌壇についての考察を進めようとする試みをしめくくりたい。

資料一　北辺門の和歌短冊

北辺門の人々の和歌、歌風を知るには、『富士谷御杖集』（国民精神文化研究所）、『新編富士谷御杖全集』（思文閣出版）と、赤松祐以歌集の『葛絃風響』（大正元年十月十二日刊）の三点ほどがあり、富士谷御杖と赤松祐以との和歌は知ることができるが、他はほとんど知られていない。

ここでは、架蔵の短冊から、北辺門の歌人で比較的数のまとまったものを翻字してあげる。日頃から、歌集の存在の知られていない歌人については、短冊を集めているが、二十年程の間に高屋友助の短冊のように百枚以上集めることができたものもある。歌集を編むための一段階としても、また自筆短冊であるから、他の人物の和歌がまじらないということもあって、それなりの意義があることと思われる。また好みの料紙がわかることも報告できるなど、短冊は一葉の紙にすぎないが、情報はそれなりに得られる資料であり、筆跡判断の手鑑ともなる。

北辺門の人々は大半は富士谷成章以来、青蓮院流の書体である。富士谷御杖が人生の後半期に粟田口の青蓮院の門跡方に知遇を賜わり、坊官の進藤千尋（為周）が門人となるに及んで、ますます一門の書流は青蓮院流となるが、なかには今堀真中のように、既に俳人として出来上った人は書体が異なる。

富士谷祥運

富士谷元広、また成文、祥運（祥雲）とも称す。富士谷御杖の子。通称を仙右衛門。筑後柳川藩京都留守居役。福田美楯に学ぶという。文政四年生、明治三十八年五月十四日没、享年八十五歳。

1若菜　春日野のわかなよけふはさをしかの
つめかくすまておひにけらしな　祥運

2梅風　いつこかはさかさるうめのあらさらむ
かれすに丶ほふかせのこまかさ　祥運

3不尽　ふしのねやとるはかきはに久かたの
雲のせきちとなりにけるかな　祥運

4林中桜　おほかたに森のこすゑもさく花の
さくらかうれにまつろひてけり　祥運

5開　浦しまかはこならなくににひこよみ

ひらくまに〳〵おひやしなまし　祥運

簑内為美

簑内為美、為善とも、姓は源、先心庵と号した。二条東洞院西、木屋町三条上ルに住した。『平安人物志』天保九年、嘉永五年の「平語」の部に載る。通称は幸次郎、福田美楯の門人。薬種屋を営み、屋号は丸大。平曲をもよくした。

1水郷　柴舟のさをにくたけしうすらひに
若菜　ねせり摘らし兎道の里人　為美

2砌辺桜　けふこすはあすはの神のぬさしろと
みきりのさくらならましものを　為美

3　小柴さしいはふあすはの庭なかも
つふなきいつゝさみたれの雨　為美

4荻似　おとかはるまかきのをきのゆふかせに
人来　柴の戸あくるをりもありけり　為美

5嶺炭竈　春秋のなかめをいくらくをらすと
こゝろほそくもみねの灰かま　為美

大島建之

大島建之、通称を伊助とも伊兵衛ともいう。福田美楯の門人。姓は仲、屋号は橘屋、京都高辻稲荷町東入に住す。

1沢春草　はるかせにとけし氷の下もえて
青葉に染るあさ沢の水　建之

2かも　うつせみのよをいつはりてむらきもの
こゝろひろさは池のあちかも　建之

3寄曙恋　玉くしけふたよりみはりはる〳〵の
おもひつゝけてあくるしのゝめ　建之

4寄鐘恋　中空のたのめとよるはなりにけり

ねよちのかねの声のみそする　建之

5
鷲の山みねにかゝれるしら雲の
あとよりはるゝ夕たちの空　建之

6
籠つくらは柳かうれをこに造れ
たにのうくひすとりかはむかね　建之

7ゆか　なき君のこゝにいまさむ床なれや
千々にかしつくこゝろ〳〵を　建之

高屋友助

高屋友助、富士谷御杖の門人。京都下立売釜座角に住した。『平安人物志』文化十年、文政五年の「歌人」部に載せられている。96番の和歌詞書に方広寺焼失の件があり、これは寛政十年七月一日落雷焼失の時かと思われるので、友助のおおよその年代が推定できよう。

1元旦　またくらき空にきつるは寅の時
うつや鼓に春やめさめし　友助

2子日　千世に千代引かさぬへく引植し
小松に小まつのちの子日に　友助

3子日　はつ春の初子日には野に山に
小まつ引しと聞つきにこそ　友助

4正月廿日はかり
山かせのわりなく　何にさはさわける春の風ならむ
吹あらしをよめる　梅たにいまたひらけかてなる　友助

5霞　雲たにもあはれならまし霞をは
博士とまねひたなひかませは　友助

6野霞　小まつ引あそひし野へにあふふへし
けふも霞にそゝのかされて　友助

7風前霞　あさましやいつち引らむさえ返り
吹山かせに立のく霞　友助

8夜霞　うつたへにあやなからめや春の夜は
暗にも霞たてぬ夜にさへ　友助

9夜霞　さ夜霞かすみあかして朝霞
かすみやますもかすみくらすか　友助

10海上霞　朝霞たな引とちてほの〴〵と
明引海におきもへもなし　友助

11鴬　春に啼百千の鳥のはえなきは
鴬をしもきけはなりけり　友助

12鴬　野も山も八重に霞の棚引を
籠にこめられてあらんうくひす　友助

13元旦に鶯を聞て　こん春もかならすかゝれ初霞
立のまに〳〵うくひすの鳴　友助

14谷鶯　谷のとを立ふたきたる春霞
おしわけかねや鶯のなく　友助

15雪中鶯　雪と花見分くるしき物ゆゑに
香をとめてこそ鶯はすめ　友助

16雨中鶯　つれ〳〵とふる春雨に何にさは
ぬれて鶯鳴わたるらん　友助

17花　咲はちりさかねはともしとにかくに
わりなき物は花にそ有ける　友助

18花盛　よし野山さこそさくらめ九重の

都のちまた花にうつみぬ　友助

19花挿頭　から国にやらまほしきは折かさす
人のかほさへにほふ桜そ　友助

20花挿頭　こかねにも玉にもまさるさくら花
落なむのちは何をかさゝん　友助

21雨中花　ちらむ花しめもゆはなんほそ〳〵と
いと筋のことふれる春雨　友助

22桜花似雲　雲ならはたちまはましをしら〳〵と
にほひわたれり桜なるらし　友助

23鳴花　追風に帆をおろしてもさかりなる
鳴門の花は見るへかりけり　友助

24折花　とか聖人なしと手ことに折やつす
花守神のおはさまし物　友助

25名所花　北やまもひんかし山もにし山に
おもてふすへき花のころ哉　友助

26花時心不静　春夜の夢にあかしのゆゝしきは
あまり桜をおもふ也けり　友助

27未飽花　人のめをあまたやとひて桜花
見ははみあかんちりぬるまてに　友助

28雨後花　なこりなくちとせ春風はる雨か
くたしゝ花のめにつかみつく　友助

29遅桜　羽根しあらは飛行見まし八重一重
夏咲ふしの山かけの花　友助

30不断桜を　ひかとひてなせ伊勢人いせにある
いつも桜はいつもさくかや　　友助

31普賢象といふ桜を
何かしの菩薩とかやののりものと
名におふ花もさけは咲けり
これや此普賢菩薩の乗物と
こゝらの人のいひはやす花　　友助

32
をさなけなるまつに
ふちを植そへてしを
諸ともにしけりてふちは
花さへ咲そめけれは
此春はこのはるはとてしたまちに

まちしを松も藤もしりきや　友助

33河辺柳　鮎はしる瀧川河せに釣の緒を
千筋五百筋青柳のいと　友助

34山の山吹　山彦もうへそこたへぬ足引の
やまの山吹口なしにさく　友助

35山吹にそへて　君見ませとはかりたにもいはぬこそ
つかはし、　口なしに咲山吹のはな　友助

36籬疑冬　たか宿ととふへくもなし口なしに
籬を越て匂ふ山吹　友助

37雲雀　ねくらをはわすれやせまし長き日に
天つ霞を分つ、ひはり　友助

38菫　はつ〳〵にもゆる小草もある物を
心見えなるつほ菫かな　友助

39二月雪　春めかぬ物からさすかふる〳〵も
かつは消つゝきさらきの雪　友助

40二月餘寒　きさらきやこん冬まてはさえましく
見えてし空に山かせのふく　友助

41夘花　白栲に夏の墻根はうつもれつ
さむからませは雪とせましを　友助

42待郭山　ほとゝきす鳴やましると鳴さわく
からすもさのみにくからぬ哉　友助

43郭公　あはれ〳〵あはれとはかり鳴たひに
いひなきかろしほとゝきす哉　友助

44夕採早苗　一しろも植のこさしと夕まくれ
をくらき小田に早苗まさくる　友助

45五月雨　をやみたにせはこそあらめさみたれの
雨日をかさねふりにふりつゝ　友助

46雨乞の後　あまりやそいのり過しゝ永雨の
はれまなく　ふるはふらぬにまさるとそきく　友助
ふりつゝき
たりしを

47夏の日　引過し返り見そする紫に
野道にて　匂ふ樗の花の下かけ　友助

48扇　きのふけふもてはやされぬ世中に
あるかなきかの扇なりしを　友助

49扇　　峭にはさすかはませす去年の夏
　　ならし撫てし古扇そこれ　　友助

50野寺の風に　法の声吹たくへつゝうつせみの
　　夏をわすれて　世の常ならぬ香くはしき風　　友助

51夏夜待風　天つ風はや吹おちぬ浦嶋か
　　箱とはかなくあけん夏の夜　　友助

52瞿麦　なか〳〵に露も払ふなわかしめし
　　大和なてしこやつれもそする　　友助

53二日月　見きといはむ見さりきといはむ宵のいと
　　いつそか入か二日夜の月　　友助

54秋時雨　神無月来はこそあらめ雲さへに

とひつゝしくれふりありきつゝ　友助

55　なこりなく散はてにけり秋風の
吹のこしけむしつ枝の葉すら　友助

56めてこしゝ人の
なくなりし頃しも
庭のもみちの　見ん人の引てかへらぬことしとや
もみちあへすも　宿のもみちのかなしかほなる　友助
散引を

57閑居紅葉　秋ならぬ里しなけれは柴あみ戸
戸させる蔦はもみち見をらむ　友助

58十五夜月　秋夜の空やことなるおなし山
おなし海はら出し月かけ　友助

59夜虫　いくそたひかくてかあけむめをさめて
きけともおなし虫の声のみ　友助

60螢　いかにおもひ忍ひもゆけは夏の夜の
夜ことにほたる身をこかすらん　友助

61残菊　置やつす霜のまに〱紅に
から紅にしら菊の花　友助

62寒田　守しいほこほちはたし丶田面哉
ひつちかれつ丶こほりとちつ丶　友助

63氷　うつみ火のかひなきまてに硯さへ
筆さへさらにこほりはてつ丶　友助

64歳暮　おもへとも忍ひなされすあたらしく
年の成行としのはてとは　友助

65寄海恋　何にかく思ひふかめしわたつみの
おきも応ひはありとこそきけ　友助

66寄道述懐　いかてかくふみたかへけむ千早振
神のをしへし道としる〳〵　友助

67瀧　石上ふるの山への瀧こそは
神世なからに落たきならし　友助

68瀧　落たきる瀧しあらすはなにならし
よし野の山もつくはの峰も　友助

69覊中衣　何はあれと旅としいへは雨に着る
みのしろ衣たのみなりけり　友助

70餞別　からにしきたゝはたゝまし立うきは

雛の永道をいはふ故郷　友助

71別　はや引てはや帰りこねはたこまに
先たちおきておくれふしつゝ　友助

72月前川　ぬは玉の夜をいねかてにはし姫の
ぬささらすらしうちの河なみ　友助

73茂松　雨のみか日影ももらす大君の
みかさとうへもさしおほひけむ　友助

74　たとりなくのほりしことよ又雲の
あなたに山のそはたてるみゆ　友助

75井　わかぬ哉板井と石井こけにこけ
むしつゝ井筒神さひにつゝ　友助

76眺望　山彦にとはゝとはまし木隠に
ひゝくは瀧かやました風か　友助

77珠玉　みかきてもみかゝてもあれいとくらき
やみにもたまは玉とさすかに　友助

78　人のうへ露ちりかけす身のさかを
おもひたとりて過さましかは　友助

79ふとよめりし　日をしへはむくらの森と成ぬへし
草守神にまかせたる宿　友助

80流行に
おくれたると　苅はてし冬の田中になる鳴子
いふこころを　いたつらなりになるとしらすや　友助

81わりなく日をかさね

ふりわたる
　さみたれの頃
　　をやみたにせはこそあらめさ月より
　　　千世月かけてふれるさみたれ　　友助

82ひと丶せの
あはれを　　桜ありほと丶きすありもみちあり
ひとつによめる　雪あり月は月月にあり　　友助

83おもふ事　墨つほにすみさしそへて直かれと
　ありて　さのみやおもふ飛騨のたくみか　　友助

84思ふ事　あはれわかこ丶ろせはさよせはき手に
　ありて　国たににきる人もある世に　　友助

85ふけむさうといふ　ふりみたすけふの雨哉むつれつ丶
文字を句の上に　桜見にとてうかれ引日を　　友助

すゑて

86ある人の六十に　ゆるされし杖にあらすやことしより
成たるを　　　　のとかに国内つきありけかし　　　　友助
ことほきて

87　ならにゆくさに
竹田むらにて伏見に
いたらはうまの時になり
なんといひあへれは
うまの関伏見にきかはなら坂の
景たにも見て暮もこそすれ　　友助

88辛崎の　　さゝら波ひたすはかりに枝たれて
松をよめる　水海のそのへからさきのまつ　　　友助

89分入て　　北山の北なる山の山さとに

北山杁と
いふ杁をみて
千もと八千もとたてる杁はも　友助

90何かしの
別荘にて
まつさへに神さひねとやむかしたれ
たゝみかおきしいはほいは橋　友助

91薬師山と
いふ所にて
比叡のねにむかひしあれは薬師山
わか立杣の心ちさへして　友助

92雨中のふしの山の
かたに
牡鹿をは立まふ雲にふる雨を
しらぬかほなるふしの山哉　友助

93浄土宗の
こゝろを
弥陀佛の国に引こそたのみなれ
よしや此世はいとひはつとも　友助

94ある人の
らうそくを
なりかさるひましありせはかきくもる
心のやみを照さまし物　友助

たひたりし時に

95玉水のうまやにて
失火のありしを　かくつちの神のさわきを夢にたに
しらてあしたに　しらていをねし旅つかれ哉　　友助

96方広寺の灰の中に
やけそこなはれて
のこれりし　から国の人になみせそ見せつとも
釘らのいみしく　けにさこそとはおもはましやは
大きなるを　　友助

97石黒ぬしに　此おきなありともしらて過さまし
おくるとて　彼やつこたに正しかりせは　　友助

98髪を　ふりそむる雪ならなくにかつしろく
そりて　なりてし髪のをしかりしはや　　友助

よめる

99ある人の　一菊の花うつろふたにもある物を
なくなりし頃　霜にそ人の消はてにける　友助

100やもめになり　おのかしゝつかひてすむをわかことく
をし鳥を見て　ひとりはなれし鴛も有けり　友助

101数〳〵に　なれ衣なれ過てけりなくなりし
かなしきのみ　人のやめりし程より過てし
こん年はよしある寺に石をつみ
墓となしてんことをのみこそ　友助

資料二　岡崎秀雄旧蔵『五級三差弁』

『富士谷御杖集』第二巻、『日本歌学大成』12に活字翻刻されたものがあるが、共に竹柏園文庫本であると、『富士谷御杖集』第二巻の志田延義・三宅清解題に述べられているが、半紙本の一点、小本の一点で、半紙本一点は福田美楯筆写本かとされている。

ここで全文翻刻した『五級三差弁』は、岡崎秀雄の旧蔵本で、右の活字本と照らすと若干の異同がある。書写の年記があることと、筆写者・旧蔵者がわかることには価値があろう。『五級三差弁』は、富士谷成章著の『五級三差』に対して、御杖がさらに弁を加えたもので、北辺門の歌学の中心となるものの一つである。

特に、成章の説を継承するとしながら、より発展した独自な説を展開することとなったことが、よくわかる一点であり、北辺門の人々が、語学、文法学の方面に関しては、次々と出版されて学説が公開されていったのに対して、歌学に関しては秘書として出版されず、書写を重ねつつ、学統を継いでいったということは興味深い。

そうしたこともあって『五級三差弁』は、写本の伝本は少なく、北辺門の秘書とされていた。

ここで翻刻する写本の旧蔵者・書写者は岡崎秀雄で、名のある北辺門である。

岡崎秀雄は、洛西西京寺戸村の人で、通称を次左衛門、治左衛門、治郎左衛門とも、号を茂々菴と称した。文化十三年生、文久二年一月二日没、享年四十七歳、上代様の書をよくした。『皇都書画人名録』（弘化四年冬序刊）、『国学人物志』（安政六年跋刊）、『類題鰒玉集』にも名がみえる。蔵書印「をかさきのふみ」（四方三重郭の朱印）が捺されている。

また『五級三差弁』のあとに「五十声状《コハフリ》ノ伝」「経緯音韻　天地永言」などがあって、その後に、

北辺家遺伝奥呂一巻

右同志之外不免他見者也

との奥書がある。これは影印版で収める。北辺門の歌学伝書がいかなるものかが窺えよう。

（翻刻）

冨士谷成元著

五級三差弁

五級三差弁

父成章歌となりいつるすちをあきらめていつゝのしなをさたむ五級のことは詠歌のしなにして真を弁するにはふさはしからぬやうなれは一の級はすなわち真のことわりをそなへたるものなれは真といふものよく心えられむか為にこゝに云也五級とはいはゆる

〽一の上中下〽二の上中下〽三の上中下〽四の上中下〽五これなり五に上中下なきはわくるに及はぬ級なれは也畢竟上中下をたつる事歌よみならはむ人の委しく心えられんか為はかりにてそのしな〳〵の正当たるはもと上なり中下は其級にしてたちはぬ所あるをさ

とす也所栓中下は上によみ至らさりしなりとしるへし
これ貫之か六くさにもあらす忠峯の十体にもあらす心詞のさかを見とりてたてたるしな也元来此五級は平生歌よみならふときの専用にて時宜によりて心をなくさむへき期にのそみてはいかなる級になりいてむもはかりかたき事なりされはむかしより一の級にかきらす二のしななるも三の級なるも感動の幸ありかし例もみゆる事に候すなわちかの〳〵風ふけは沖つ白浪とよめるは一の級にして男のこと心やみ貫之かありとほしをはとよまれたるは二の級にして馬のあしたち能因かなはしろ水にせきくたせとなけかれしは三の級にしてふらさりし雨ふれりしからは五級は無益のつとめかとおもふに歌もと公身私心のやふりかたく捨かたきよりいつるものなれは詞のうへもまた公にもあらす私にもあらぬか真のすかたなりされは一の級は感動の幸あるへき正面の姿なれは平生一のしなをのみねかひてよみならへはおのつから所欲の為によむ事いやしまれて真にすゝむ道ひらけ申へきにて候さらはまた一の級ならては幸あるましきやうなれと上に則申す如く必しもさならす譬は武術を習ふにかたといふもの有てこれによりてをしふ其形といふものもと其祖の妙手たりしか心勝の理を極め定め置たる手なれは全くこれに熟せはかたすといふ事あるましき事なれと形にのみ縛せらるれは必敗を取べし然は形は無益なりといはむに平生これによらされは勝へきみちもしられさるか如し其形に習熟せる人はたたかひにのそみて変に応して真の手いて不思議の勝もえらるへきに同しく常に一の級に熟するときは機にのそみての二三の猶真物なるへしされは一の級といへともいたく願ひて読は唯姿こそ真なれ実に真物にあらすかつ一の級に縛せらるゝ時は時にのそみてよむにもしひて一の級

になさむとするより一のしななから真物ともいひかたき事なり身心活さるは一の級なりとも貴ふへきにあらす身心活たらむには二三もいやしむへきにもあらすしかはあれともと一の級の真のことわりをそなへたる事誠にいけるか如し常に此級をのみねかはゝ真をたつとふ志かたくなりぬへく候此五級のことわりいひつくすへからねは今そのかたはらを弁すへしまつ歌の表公にもあらす私にもあらす公身私心の間にありて我をしてやむことをえさらしむる実況のもの事のうへをもすくよかにいひくたして時やふりかたく所思を定めかたきさま言外に活動せるこれを一の級とす表たくみにいと口さとくめさましきまてかさりなせるにひかれて公身私心のかたみにせむへきなきすへなきさまはかへりて深くかくれて無かことなるを二の級とす唯物事の動止ふと心に移る所をはためらひなくいとをさなけにいひ出て公身私心のやむことなききはゝ弁へさるかことくなるこれを三の級とす四の級はおもふはかりのことの詞にもとほらぬをいふ五の級はふる歌をは或は本句は末句なとさなから犯したるをいふ此しなく\よみなすは何の級にももるゝ物なけれとおほかた人の生質なにとなく一の級なる人からもありまた二のしなゝる三の級なるもまたは四五の級なるもありて其人の質によりてかく歌も五級にわかれいつるなり初に申つる如く一の級にもかきらす二三のしなにても幸あることは此質よりいつる所なれはなりかく人さまさへ級わかれてみゆるものなれはかへすく\一の級のみ常にねかはゝおのつから人さまもたちまさりてはえあるへきわさなり世に古歌をも論し今のうたをも制するによしあしをいふはおほかたはおのか好む所このまぬ所によるいと公ならぬ事なり父成章はつねに此級によりて其品々をわき歌のしなをまさらしめむとおもふのみならすおのれく\か生

質をもかへりみよとて成元にもをしへおかれつるなりこれによりて弁すれはおのか好む所にもほたされすいとおほやけに歌のしなは見ゆへしみつから好処にしたかふ時はよしといふもまことにやよからむあしとさたむるもまことにやあしからむいとおほつかなき事なり此五級はさるわたくしわさにはあらす其級をたてたるやう人の生質にもとつきたるなれは生質をもてしなを論せは一の一たる事もおのつから心えしらるへしかし

表裏境

詞に表裏境といふものありこれは詞を治ふの専用にて真を論するにはようなきことなれとおもてにのみ目をも心をもとゝむる人は真を知るにあたはさるか故に今爰にこれを弁する也もと此表裡境といふ詞にはおのつからそなはれる事にてしらすよみによむとも猶かくる事なきものなれはことさらに是を論しをしふるにおよはさる事のやうなれと詞をきたふにその益かきりなきものにてわか智の及はぬ所さへ此みつに導かれて心えらるゝ事有ものにて候されは古歌をとくにも其真にいたる事やすくおのかうたよむにも用なきをはふきたらぬを補ふわさこれにしく道あましく候此三おのつから詞に備れりといふはたとへはかなしといふ表なるにかなしからすといふ裏をかけてみれはなくさむへきよしのあらまほしきさかひしらるゝか如しすへてひと詞にてもかゝり歌一首にても猶しかり凡表となるは時をなけく情裏となるはひとへ心の理境となるは偏心の達せぬ憤りなりかくうらをかけて境をしれは其歌ぬしの時宜のために所欲をなくさめ誠にやむ事をえさるよりいてたる真言なる事かゝみにかくるよりも猶あきらかなるへしされは此表裏境まなひしらすはあるへからすしかれとも

前にいふことくもとよりそなはるへき理なる物なれは歌よまむに是にほたさるゝ時は却て真をうしなふへし此故に詞はたゝなり出むにまかすへき也されとあまりなりいてむにまかすれは用なき所したらぬ所いてくへけれはこれ又心あるへき事也裏境の力はひとり詞のうへのみならすよろつの事にもわたりて其事をつくさむにいさをしあるへしかの少彦名命の大巳貴命に答給ひし御言も成にのみ御心をとゝめ給ひて不成には御心いたらさりしをいさめて成不成をもて諭し給ひしもの也これをもても表裏境のはしなきわさならぬ事しるへし表をのみ目をも心をもとゝむへからさる事すなはち神の御心なれは今私にいふ事にはあらすされは此みをしへにしたかひて返す〳〵表にのみかゝはるましき事に候しかりと表をすてよとにはあらす此三はたかひに具しあひたる物なれはいつれを重くいつれを軽しとも申かたし唯後の世のひとの表にのみもはらなるさかをはいさめまほしさにかくはいふなり世に古歌の餘情をとくに其一首のおほかたのさまをみとりていふなれはけにと覚ゆるもありわりなしとみゆるもあり此表裏境の力をかりておもひいるゝ時は私のたはかりにあらすして実に其ぬしの君にあふ心地すへし五級にいへるか如く是又私に餘情をとく事いとおほつかなきわさならすや

天保十五年辰六月　凌雪園

資料二　岡崎秀雄旧蔵『五級三差弁』

注（以下『五級三差弁』の続きで、影印にて収める）

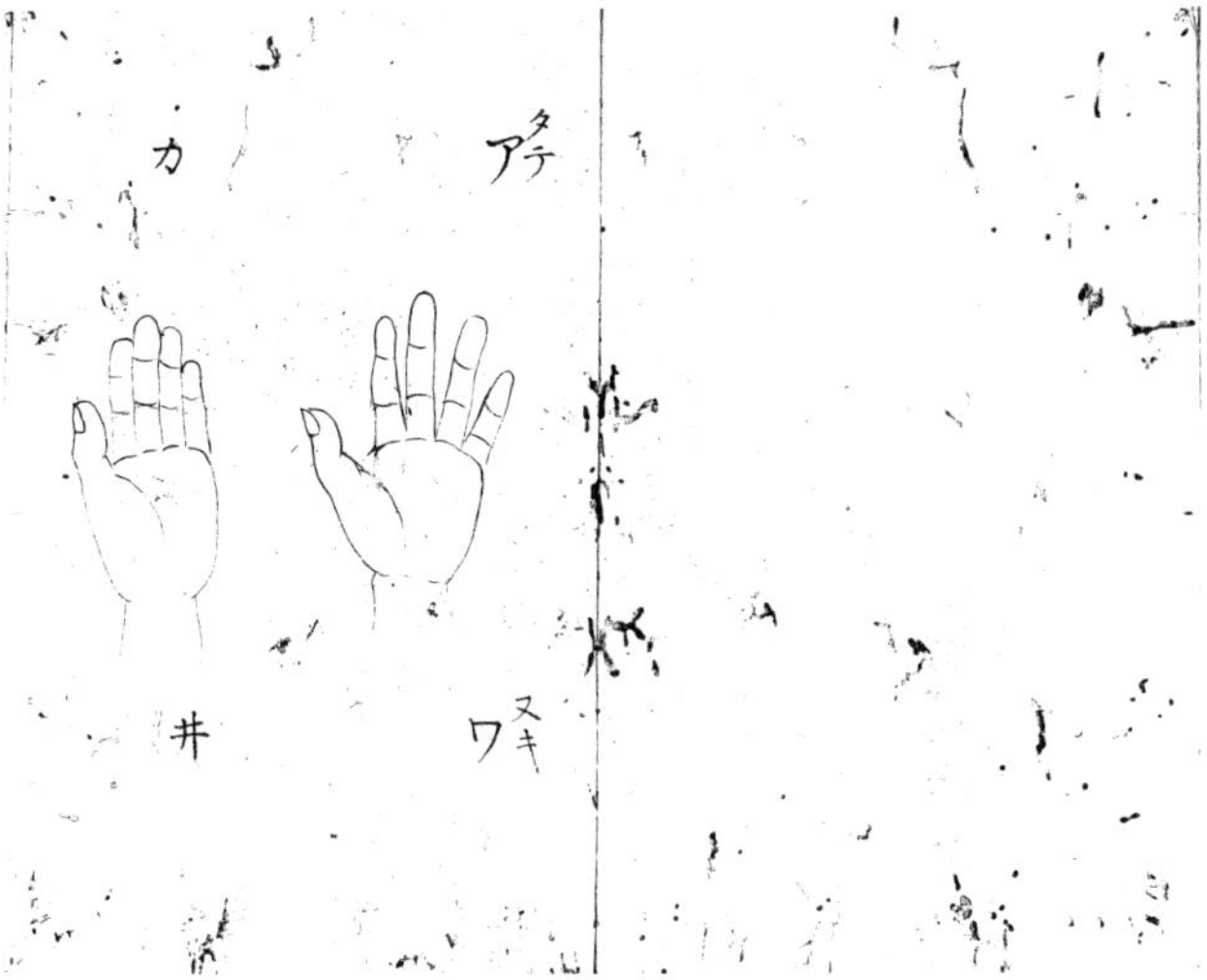

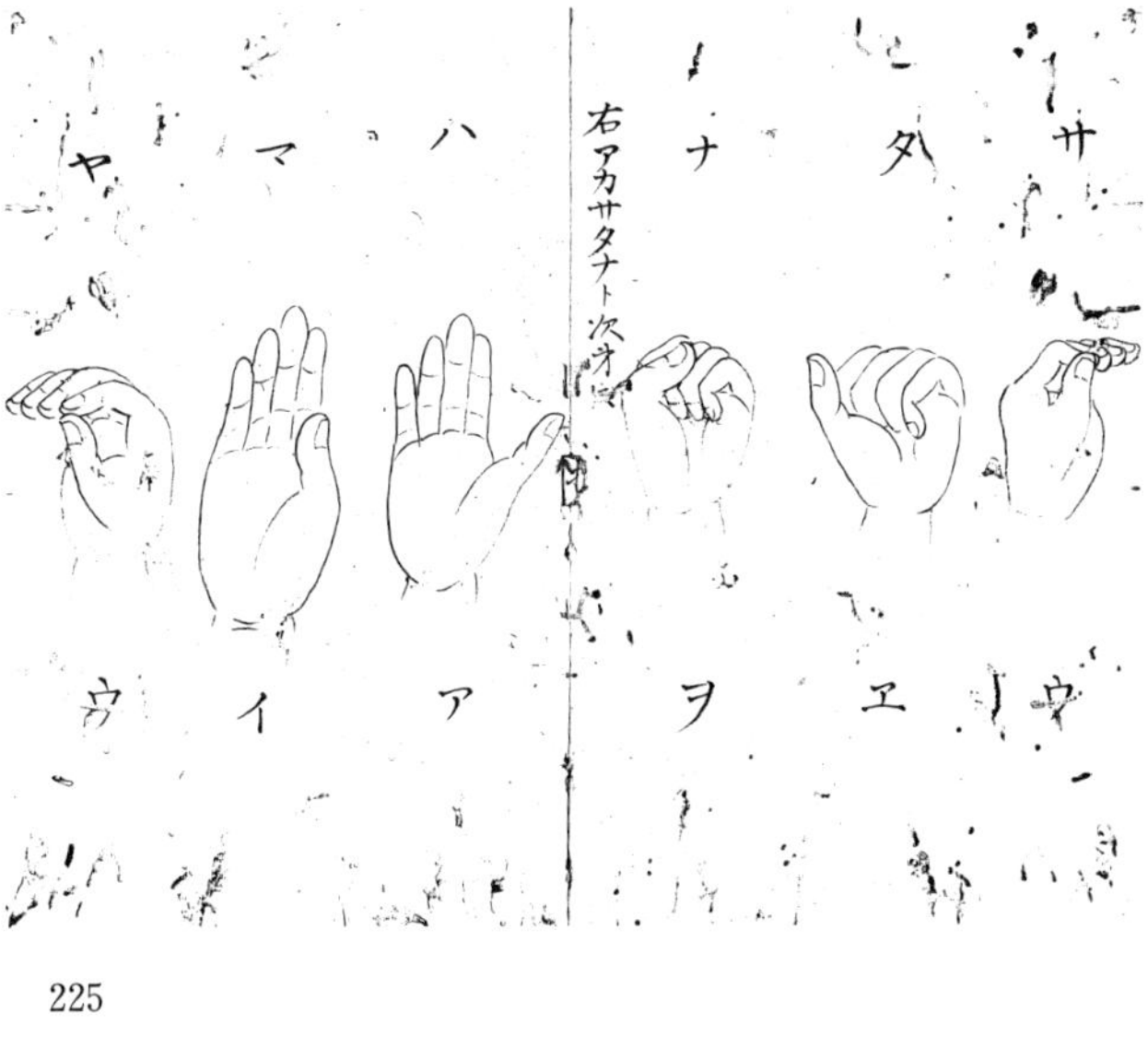

ワ

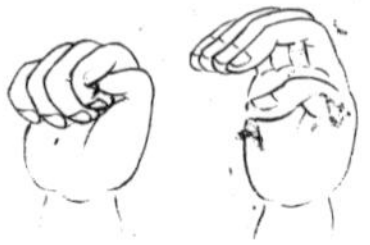

オ

右ワラヤト次第ス
以上五十声《コハフリ》ノ状ノ傳

ア
大 アトホシロシ外 オホイニス内
イ
育 イタメル外 ソタツル内
ウ
活 イクル外 イクル内
エ
保 タモタスル外 タモツ内
オ
重 オモシ外 オモンスル内

寄 ヨル外 ヨス内
隔 ヘタヽル外 ヘタツル内
連 ツラナル外 ツラヌル内
群 ムラカル外 ムレ内
定 サタマル外 サタムル内

全 マツタシ外 マツタクスル内
縮 シヽマル外 シヽムル内
會 アスル外 アフ内
窮 キハマル外 キハムル内
沈 シツム外 シツムル内

具 ソナハル外 ソナフル内
貫 ヌクル外 ヌク内
集 ツドフ外 アツムル内
遍 アマネシ外 アマネクスル内
分 ワカル外 ワカル内

及 オヨフ外 オヨホス内
和 ナゴム外 ナゴムル内
障 サハル外 サフル内
封 シマル外 シムル内
延 ノフ外 ノフル内

顕 アラハル外 アラハス内
通 トホル外 トホス内
包 ツヽマル外 ツヽム内
緩 ユルフ外 ユルフル内
足 タル外 タラス内

曲 マカル外 マカル内
向 ムカフ外 ムカフル内
親 ムツフ外 ムツフ内
趣 オモムク外 オモムカス内
副 ソフ外 ソフル内

速 ハヤシ外 ハヤメ内
進 スヽム外 スヽムル内
歩 アユム外 アユマス内
愛 メツ外 メツル内
節 フシ外 ホトコリスル内

等 ヒトシ外 トシクス内
理 ヲサム外 ヲサマル内
留 トマル外 トムル内
敬 ウヤマフ外 ウヤマハル内
路 ミチ外 ミチヒク内

周 アマチシ外 アマチクスル内
闔 カクマル外 カクム内
塞 フサカル外 フサカル内
穿 ウカツ外 ウカタル内
寡 スクナシ外 スクナクスル内

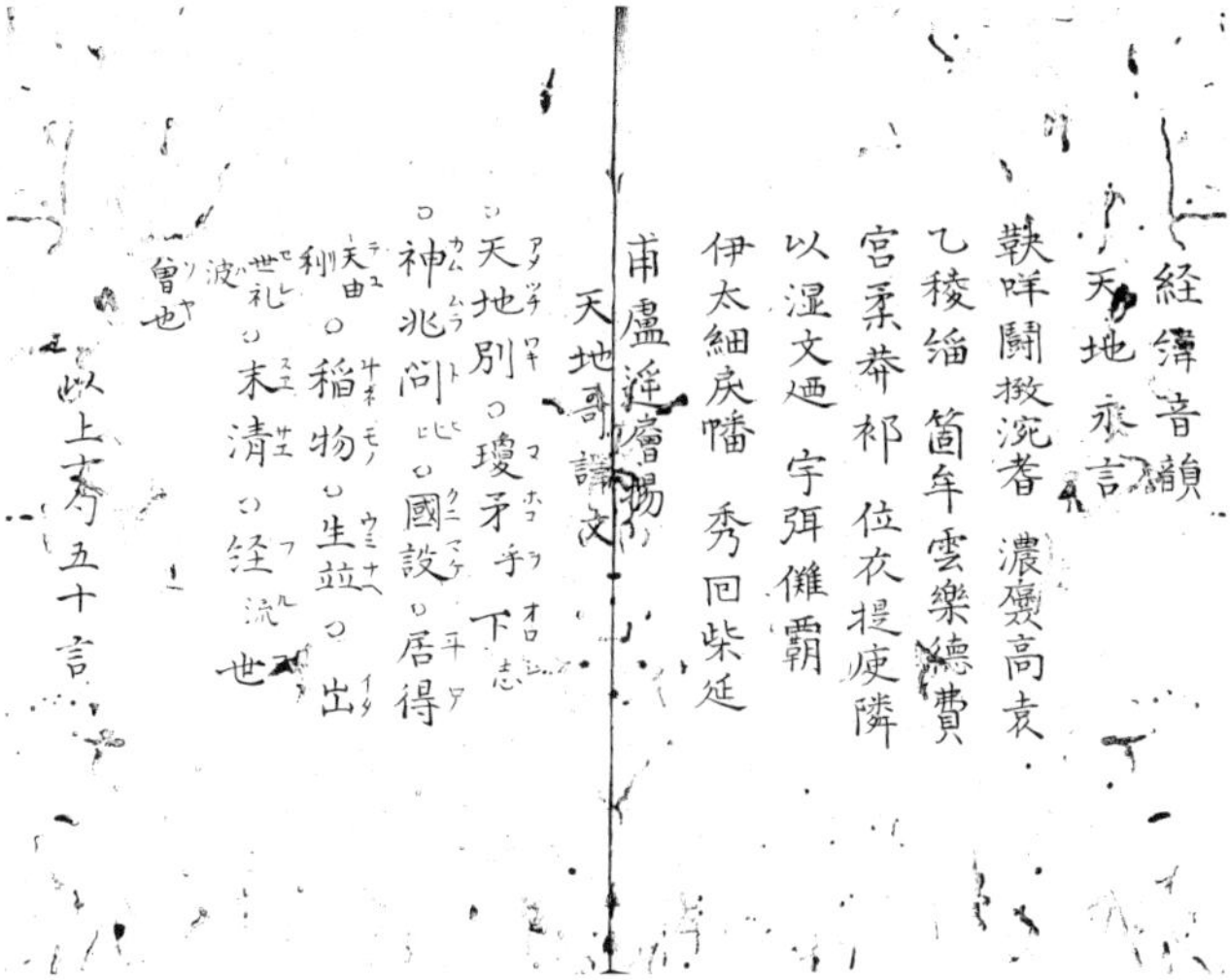

経緯音韻
天地衣言
鞅咩闘揿浣耆　濃褒高袁
乙稜緇　箇牟雲樂總費
宮柔蒋祁　位衣提庚隣
以湿文廼　宇弭儺罰
伊太細庚幡　秀回柴延
甫盧淫層場

天地哥譜文
天地《アメツチ》別《ワキ》瓊《マ》矛《ホコ》手《ラ》下《オロ》志《シ》
神兆《カムムラ》問《ト》ヒヒ國《クニ》設《マケ》居《ヰ》得《ア》
天由《テユ》稲《サネ》物《モノ》生竝《ウミナヘ》出《イタ》
利 世礼《セレ》末《スヱ》清《サヱ》経《フ》流《ル》世
波 曾也《ソヤ》
以上[illegible]五十言

北畠家當傳奥呂一巻
右同志之外不免他見也

資料三　北辺門学統図

- 富士谷成章
  - 平松正春 ― 高橋正澄 ― 高橋正純
  - 藪　篷菴
  - 大山益端
  - 浅野章恭
  - 西村惟俊
  - 朝倉景福
  - 井上義胤
  - 山口高端
  - 富士谷成胤
  - 富士谷成憲
  - 藪井正伯
  - 渡瀬為重
  - 南部光武
  - 江田世恭
  - 吉川彦富
  - 富士谷御杖
    - 室谷賀世 ― 室谷賀親
    - 並河基広
    - 五十嵐篤好
    - 榎並隆豊
    - 榎並隆璉
    - 高屋友助
    - 浦井有国
    - 野口比礼雄
    - 水島永政
    - 福田美楯
      - 赤松祐以
      - 進藤千尋
        - 進藤重威
        - 大賀華臣
      - 猪苗代謙道（日並）
      - 竹内享寿 ― 遠藤千胤 ― 北田重郷
      - 水森春樹 ― 中根時雄
      - 谷田菊阿 ― 谷田秋延（昭信）
      - 福田祐満
      - 福田祐敬
      - 鷲田寛隆
      - 今堀真中
      - 岩橋元彦
      - 上田真具
      - 円光院宗珠
      - 大島建之
      - 大堀有忠
      - 岡崎秀雄
      - 中村真澄
      - 永野昭徳
      - 高田真鋤
      - 高田真佐比
      - 佐野石根
      - 近藤信良
      - 進藤義一
      - 河野真爐
      - 北村成裕
      - 岡本正光
      - 服部直方
      - 簑内為美
      - 山田利恭
      - 山脇道作
      - 高島宣陽
      - 藤堂良章
      - 家城坤麿
      - 山内弘化
      - 松川鶴万侶
      - 簑内為春
      - 梅沢宗籌
      - 太田玉矛
      - 中村真澄
      - 栄林（尼）
      - 川那部規中
      - 岡本宣紹
      - 中島美弦
      - 調子武道
      - 河野通胤
      - 藤井千箭
      - 内田有樹
      - 田中良言
      - 碓井顕古
      - 河野通伝
    - 富士谷成文（祥運）― 富士谷成興

資料三　北辺門学統図

中村重威―中野種夫
大八木万左式（真狭）―西川言政
井上千祥
梅村三内
小西大東
上野正聡
山口親尹
岩田重良
角　至善
腰山重剛
木村文邦
藤原春月
石川昌三郎
夏目梁古
西村耕文
松田長教
中島みち子
村井きみ子
西池梅園
菱田雪子
菱田孝典
菱田孝祺
松野梢隆
宇野祐三
与謝野尚綱（礼厳）
大久保俊雄
護城春章
出石秀瑛
田所重礼
勝見義知
青木遊雅
中路随信
石田新玉
高橋百秋
松　康正
難波らく子
尾崎正吉
清水義孝
藤波楽子
倉知瑞枝
大塚恭斎
中島兼治
平野素寿
毘尼薩台厳
日下部大彦
岡本宣忠
小林耕文
高橋幸子
下村秀子
小林亀井子
葛目うめ子
永吉宗幸
日比野政起
依岡珎麿
桑名淳素
伊藤勇哲
児島　環
拝郷喜三
宇野久保
伊藤つせ子
嶋田久寿子
前田元幸
常山勇哲
高田穂浪
前田彦二
佐久本嗣順
護得久朝貴
護得篤敬
高木太郎
篠原政順
田中直次
中村　正
稲田近雄

初出一覧

第一章　福田美楯について―「武庫川女子大学紀要（人文・社会科学）」四十六巻　一九九八年刊
第二章　北辺門の和歌一枚刷―「混沌」十九号、平成七年十二月十六日刊　中尾松泉堂
第三章　富士谷御杖と五十嵐篤好―「武庫川女子大学紀要（人文・社会科学）」四十七巻　一九九九年刊
第四章　福田美楯社中の雅文の会―「武庫川女子大学紀要（人文・社会科学）」四十八巻　二〇〇〇年刊
第五章　北辺門人と審神舎中月並歌会―『甲子論集　林巨樹先生華甲記念国語国文論集』　昭和六十年四月二十六日刊
第六章　北辺門末流　上野正聡について―「河内国文」第九号　昭和六十一年一月十七日刊
第七章　幕末期北辺門の動向―「武庫川女子大学文学部五十周年記念論文集」平成十一年十一月六日刊
第八章　『赤松大人　山城国名所歌枕』―「武庫川国文」四十七号　平成八年三月二十一日刊
第九章　福田祐満について―「武庫川女子大学紀要（人文・社会科学）」四十四巻　一九九六年刊

初出一覧

第十章　明治三十年の北辺門月並歌会――「武庫川国文」四十六号　平成七年十二月一日刊

資料一　北辺門の和歌短冊　書き下ろし

資料二　岡崎秀雄旧蔵『五級三差弁』　書き下ろし

資料三　北辺門学統図　書き下ろし

あとがき

江戸時代の地下の和歌の学統や国学者の流派で最も研究の遅れているのは、北辺門であろう。『国学者伝記集成』はそれまでの国学者研究の集大成的なところがあるから、それに福田美楯が富士谷美楯と誤って載る（索引部分）など、研究史的にさほど重んぜられてはこなかったことが明らかである。『和学者総覧』とても、高屋友助などは不載である。しかし、実際京阪（上方）にあって、北辺門の門人は多く、四具（文法）研究という他の学派や学統とは一線を画した独自の研究分野を持ち、類例をみない歌論と歌風を確立したことは間違いない事実である。特に著者は、近世期の版本・写本や短冊の類を集めていくうちに、青蓮院流の見事な筆跡の短冊を多く目にし、四具研究に従事するのに、彼ら北辺門の人々が様々な分析と分類を繰り返しつつ、理解を深めようとするため多種多様な研究類書を編じていくなかで生み出された夥しい写本類に圧倒される思いがするのだった。

北辺門の人々こそ、京都らしい、近世期らしい歌学と歌風だったのではないか、と思えさえするのである。

特に御杖以降の人々には心からなつかしいものを感じて、誰も知る人が無いことをかなしくさびしく思う。紙碑と、長谷川伸が自ら呼んだ『相楽総三とその同志』は名著だし、紙碑はりっぱなほめ言葉として今使う人もいるようだ。この本はせめてもの墓碑がわりに、その北辺門の人々の仕事や思い